LC 6/20

Bianca

HIJOS DEL INVIERNO
LYNNE GRAHAM

Editado por Harlequin Ibérica.
Una división de HarperCollins Ibérica, S.A.
Núñez de Balboa, 56
28001 Madrid

© 2016 Lynne Graham
© 2017 Harlequin Ibérica, una división de HarperCollins Ibérica, S.A.
Hijos del invierno, n.º 2588 - 13.12.17
Título original: The Greek's Christmas Bride
Publicada originalmente por Mills & Boon®, Ltd., Londres.

I.S.B.N.: 978-84-9170-123-1
Depósito legal: M-28120-2017
Impresión en CPI (Barcelona)
Fecha impresion para Argentina: 11.6.18
Distribuidor exclusivo para España: LOGISTA
Distribuidores para México: CODIPLYRSA y Despacho Flores
Distribuidores para Argentina: Interior, DGP, S.A. Alvarado 2118.
Cap. Fed./Buenos Aires y Gran Buenos Aires, VACCARO HNOS.

Prólogo

LAS VOCES masculinas llegaban del balcón mientras Holly, inquieta, esperaba el momento adecuado para unirse a la conversación. Aunque no sería fácil porque sabía que su presencia nunca era bien recibida por Apollo Metraxis.

Pero, estando casada con Vito, no podía hacer nada porque su marido era el mejor amigo de Apollo. Solo recientemente había empezado a entender el aprecio que había entre ellos y lo a menudo que hablaban por teléfono. Amigos desde la infancia en un internado, eran casi como hermanos y Apollo había desconfiado de ella desde el principio por la simple razón de que era una mujer sin medios económicos. Sabiendo eso, Holly había sugerido quedarse en casa en lugar de acudir al funeral del padre de Apollo, pero Vito se había negado.

Por el momento, la visita a la villa de los Metraxis en la isla privada de Nexos estaba siendo todo menos agradable. Entre la multitud de gente que había acudido al funeral estaban todas las madrastras de Apollo y sus hijos, con los que Apollo no parecía tener relación. Y, según su marido, después de la lectura del testamento, Apollo había salido disparado al descubrir que debía casarse y tener un hijo para heredar el vasto emporio que había dirigido durante años en nombre de su padre enfermo. Cualquiera que conociese la aversión de Apollo Metraxis al matrimonio sabría que el testamento de su padre lo ponía entre la espada y la pared.

–Solo tienes que elegir a una entre tus muchas novias y casarte con ella –estaba diciendo Vito, que en ese momento no parecía el marido cariñoso al que Holly adoraba–. Tienes una lista larguísima. Cásate con una de ellas, sigue casado el tiempo que puedas y luego...

–¿Y cómo voy a librarme de ella una vez casado? –lo había interrumpido Apollo–. Las mujeres se pegan a mí como el pegamento. ¿Cómo voy a confiar en que mantenga la boca cerrada? Si se le escapa que es un matrimonio falso, mis madrastras impugnarán el testamento para quitarme la herencia. Si le dices a una mujer que no la quieres se siente insultada y quiere vengarse.

–Por eso necesitas contratar a una esposa. Necesitas una mujer con la que no mantengas una relación y que no tenga nada contra ti. Claro que, considerando tu mala reputación, no creo que sea fácil encontrarla.

Holly salió entonces a la terraza.

–Contratar una esposa me parece la mejor idea –opinó, nerviosa.

A pesar del elegante traje de chaqueta, Apollo Metraxis parecía el chico malo que era. Con el pelo negro largo hasta los hombros, unos ojos verdes asombrosos y un elaborado tatuaje asomando bajo el puño de la camisa blanca, era un tipo poco convencional, voluble y arrogante, todo lo contrario a su conservador marido.

–No recuerdo haberte invitado a opinar –le espetó él con sequedad.

–Tres cabezas piensan mejor que dos –replicó ella, dejándose caer sobre una silla.

Apollo enarcó una irónica ceja.

–¿Tú crees?

–No te pongas dramático, no eres tan buen partido.

–¡Holly! –exclamó Vito, con tono de reproche.

–Es verdad. No todas las mujeres quieren pegarse a él.

–Dime una que no lo haría –la invitó Apollo.

Holly tuvo que pensar un momento antes de responder. Apollo era uno de los solteros más cotizados, guapísimo y multimillonario. Nueve de cada diez mujeres se lo comían con los ojos en cuanto entraba en una habitación.

–Mi amiga Pixie, para empezar –respondió por fin, satisfecha–. Pixie no te soporta y si ella no puede contigo, seguro que también habrá otras.

Un ligero rubor oscureció los marcados pómulos de Apollo.

–Pixie no reúne los requisitos –dijo Vito a toda prisa, compartiendo una mirada de complicidad con su amigo. No le había contado a su esposa los términos exactos del testamento y, por eso, no podía saber que lo que sugería era imposible.

Apollo se sintió indignado por tal sugerencia. La amiga de Holly, Pixie Robinson, era una simple peluquera. Lo sabía todo sobre ella porque había hecho que la investigaran cuando Holly apareció de repente diciendo que esperaba un hijo de Vito. Había descubierto su oscuro pasado y las deudas de su infame hermano que, por alguna razón, Pixie estaba intentando pagar. El resultado de esas deudas había sido una paliza que la había dejado en una silla de ruedas, con las dos piernas rotas.

Sabiendo eso sobre su amiga, Apollo desconfiaba de Holly y se había maravillado de la decisión de Vito de casarse con ella. Desde entonces había esperado que Pixie intentase aprovecharse para pedirle dinero, aunque por el momento no lo había hecho.

Pixie Robinson, pensó de nuevo, mientras Vito y Holly entraban de nuevo en el salón. Recordaba bien a la diminuta rubia en silla de ruedas que lo fulminaba con la mirada en la boda de su amigo. Holly estaba loca. Claro que Pixie era su mejor amiga, pero aun así, ¿de verdad podía imaginar que se casaría con ella para tener un heredero? Apollo sintió un escalofrío. Claro que Holly no conocía la exigencia más arbitraria en el testamento de su padre.

Había subestimado a su padre, tuvo que admitir. Vassilis Metraxis siempre había insistido en la continuación del apellido familiar, de ahí sus seis matrimonios y sus fracasados intentos de tener otro hijo. A los treinta años, Apollo era hijo único. Su padre había querido empujarlo al matrimonio muchas veces, pero él había permanecido firme en su convicción de no casarse y no tener hijos. A pesar de sus manipuladoras madrastras, y avariciosos hermanastros, Apollo siempre había mantenido una buena relación con su padre y, por eso, los términos del testamento habían sido una desagradable sorpresa.

Según el testamento, él seguiría dirigiendo el vasto emporio familiar y disfrutando de todas sus posesiones, pero solo durante cinco años. En ese periodo de tiempo debería casarse y tener un hijo si quería conservar la herencia. Si no lo hacía, el dinero de los Metraxis sería compartido entre sus exesposas e hijastros, aunque todos habían sido ampliamente recompensados mientras su padre vivía.

Apollo no podía creer que su padre hubiera querido chantajearlo después de muerto. Y, sin embargo,

¿no estaba siendo efectivo ese chantaje? Rígido de tensión, miró las olas golpeando el acantilado. Su abuelo había comprado la isla de Nexos muchos años atrás. Desde entonces, todos los Metraxis habían sido enterrados en el pequeño cementerio de la isla. Y también su madre, que había muerto cuando él nació.

Aquella isla era su hogar, el único hogar que había conocido, y no podía soportar la idea de decirle adiós. Tal vez estaba más apegado al apellido y las propiedades familiares de lo que creía.

Había luchado contra la idea del matrimonio, riéndose de la institución y burlándose de los intentos de su padre de recrear una familia normal. Había jurado que nunca tendría un hijo porque de niño había sufrido mucho y estaba convencido de que someter a un niño a lo que él había tenido que soportar era un pecado. Sin embargo, su padre parecía estar intentando ponerlo a prueba...

Porque la verdad era que Apollo no podía soportar la idea de perder un mundo que siempre había sido suyo, aunque sabía que retenerlo sería una lucha terrible. Una lucha contra sus inclinaciones y su innato amor por la libertad, una lucha contra ser forzado a vivir con una mujer a la que no quería, acostarse con ella y a tener un hijo que no deseaba.

Por desgracia, Vito tenía razón: debía contratar a una mujer que estuviera dispuesta a casarse solo por dinero. ¿Pero cómo iba a confiar en que tal mujer no contase el secreto a los medios de comunicación? Necesitaría controlarla, tener algún tipo de poder sobre ella. Debía ser una mujer que lo necesitase tanto como la necesitaba él y que tuviera una buena razón para respetar las reglas que impusiera.

Aunque nunca antes hubiera considerado esa posibilidad, necesitaba a una mujer como Pixie Robinson. Podría pagar las deudas de su hermano para presionarla, pensó, asegurándose de que mantuviese la boca cerrada y le diera exactamente lo que necesitaba para retener el imperio familiar. ¿Cómo iba a encontrar a otra mujer en su situación?

Si confiase en las mujeres podría haber sido menos receloso, pero después de seis madrastras e incontables amantes jamás había confiado en una mujer.

Su primera madrastra lo había enviado a un internado a los cuatro años, la segunda le pegaba, la tercera lo había seducido, su cuarta madrastra había hecho que sacrificaran a su querido perro, la quinta había intentado endosarle a su padre el hijo de otro hombre...

Aparte de las innumerables mujeres con las que se había acostado en su vida, todas hermosas buscavidas que querían sacar el mayor rendimiento posible durante sus breves aventuras con él. Nunca había conocido otro tipo de mujer, no podía creer que existiera.

Pero Holly era diferente, tuvo que reconocer a regañadientes. Holly adoraba a Vito y a Angelo, su hijo, de modo que había otra categoría: mujeres que amaban de verdad. Aunque él no buscaría una de esas. El amor lo atraparía, lo inhibiría y sofocaría. De nuevo, Apollo sintió un escalofrío. La vida era demasiado corta como para cometer ese error, pero necesitaba una esposa. Tendría que ser una a la que pudiese controlar, claro. Pensó en Pixie de nuevo. Pixie y su débil e irresponsable hermano con problemas económicos. Tenía que ser tonta para destruir su vida haciéndose cargo de los problemas de otro. ¿Por qué hacía eso? Él nunca había tenido hermanos, de modo que no entendía ese sacrificio. ¿Pero hasta dónde estaría Pixie dispuesta a llegar para salvar la piel de su hermano?

Le divertía saber más que Holly sobre los problemas de su amiga. Y le divertía aún más que Holly le
hubiera asegurado que su amiga lo detestaba. Tenía
que ser ciega. O quizá no había notado que, a pesar de
su expresión retadora, Pixie no había dejado de mirarlo durante la boda.

Apollo esbozó una sonrisa que suavizó la dura línea de sus anchos y sensuales labios. Tal vez debería
volver a ver a la diminuta rubia y decidir si podría
servirle de algo.

Al fin y al cabo, no tenía nada que perder.

Capítulo 1

BUENOS DÍAS, Hector –murmuró Pixie al despertar, con el pequeño terrier pegado a sus costillas.

Bostezando, saltó de la cama para ir al baño y después, duchada y vestida, le puso el collar a Hector para salir a dar un paseo.

El perrillo trotaba a su lado por la carretera, sus pequeños ojos redondos llenos de ansiedad. Hector tenía miedo de todo: de la gente, de otros animales, del tráfico. Cualquier ruido lo asustaba, aunque en casa estaba muy tranquilo y no ladraba nunca.

–Probablemente aprendió a no hacerlo de cachorro –le había dicho el veterinario–. Teme atraer atención, como muchos animales maltratados. Pero, a pesar de sus heridas, es joven y está sano, así que debería tener muchos años por delante.

Pixie seguía maravillándose al pensar que, a pesar de sus problemas, había decidido adoptar a Hector. Tal vez porque ella había triunfado sobre la adversidad muchas veces en la vida, igual que el pequeño terrier. Y Hector le había devuelto su generosidad mil veces. La consolaba, alegraba su corazón con su timidez y sus excentricidades. Había llenado el hueco que se había abierto en su mundo cuando Holly y Angelo se fueron a vivir a Italia.

Ese matrimonio había hecho que perdiera a su mejor amiga. Bueno, no la había perdido del todo, pero ya no se veían todos los días y no podía hablarle de la adicción al juego de Patrick o de sus deudas porque sabía que Holly se ofrecería a pagarlas. Su amiga era muy generosa, pero Patrick era su responsabilidad y lo había sido desde la muerte de su madre.

–Prométeme que cuidarás de tu hermano pequeño –le había suplicado Margery Robinson en su lecho de muerte–. Haz todo lo que puedas por él. Es un buen chico y el único pariente que te queda.

Pero cuidar de Patrick había sido casi imposible porque los habían separado de niños para llevarlos a diferentes casas de acogida. Durante los importantes años de la adolescencia, Pixie solo había visto a su hermano en contadas ocasiones y hasta que terminó sus estudios y consiguió ser independiente el lazo con su hermano pequeño había estado limitado por la distancia, el tiempo y la falta de dinero.

Al principio, a Patrick le iba bien. Era electricista y trabajaba para una gran empresa de construcción. Tenía una novia y parecía haber sentado la cabeza, pero había perdido todo su dinero en una partida de cartas y su acreedor era un hombre muy peligroso. Pixie, decidida a ayudarlo, se había mudado a un apartamento más barato y le enviaba dinero cada semana para ayudarlo a pagar las deudas, pero los intereses seguían subiendo y si no pagaba la cuota mensual le pegarían una paliza... o algo peor. De hecho, temía que esas deudas lo matasen.

Aún temblaba al recordar la noche que dos matones aparecieron en la casa cuando ella estaba de visita. Dos hombres enormes de aspecto embrutecido habían aparecido exigiendo dinero y amenazado con matarlo. Patrick no tenía un céntimo y cuando empezaron a pegarle y Pixie intentó intervenir cayó por las escaleras y se rompió las dos piernas.

Las consecuencias del accidente habían sido terribles porque no podía trabajar y se había visto obligada a pedir un subsidio por desempleo mientras se recuperaba. Seis meses después, estaba empezando a levantar cabeza, pero no parecía haber luz al final del túnel porque la vida de su hermano estaba en peligro. El hombre al que debía dinero no era el tipo de persona que esperase indefinidamente y querría su libra de carne para intimidar a otros morosos.

Dejando a Hector en su cesta, Pixie se dirigió a la peluquería en la que trabajaba. Echaba de menos su coche, pero vender a Clementine había sido el primer sacrificio porque no necesitaba un coche en el pequeño pueblo de Devon, donde podía ir andando a todas partes. A la hora del almuerzo llevaría a Hector a pasear y se comería un bocadillo al mismo tiempo.

Pixie entró en la peluquería y saludó a sus compañeros y a su jefa, Sally. Mientras se ponía la bata de trabajo se miró al espejo e hizo una mueca. No estaba en su mejor momento, pensó. ¿Cuándo se había vuelto tan aburrida? Solo tenía veintitrés años

Desgraciadamente, recortar gastos incluía no comprar ropa y los vaqueros y la camiseta que llevaba habían visto días mejores. Tenía una piel bonita y no solía maquillarse, pero siempre destacaba sus ojos con un lápiz gris porque el negro contrastaba demasiado con su cabello rubio. Había dejado atrás sus días aventureros en los que jugaba con diferentes estilos y colores porque la mayoría de sus clientas eran de gustos clásicos y no se fiaban de una peluquera que se teñía el pelo de colores.

Miró su agenda para comprobar a qué hora llegaba

la próximo clienta, pero el nombre le resultaba desconocido. Era un hombre y le sorprendió que no hubiera pedido cita con el único estilista de la peluquería...

Y entonces, de repente, Apollo Metraxis entró en la peluquería y todas las clientas lo miraron, boquiabiertas, mientras se acercaba a ella.

—Tengo cita a las doce.

Pixie lo miraba, atónita, incapaz de creer que estuviera allí.

—¿Qué haces aquí? ¿Le ha pasado algo a Holly o a Vito? —le preguntó, con gesto aprensivo.

—Necesito cortarme el pelo —anunció él, aparentemente tranquilo aunque todo el mundo estaba mirándolo. Con una chaqueta negra de cuero, vaqueros y botas, parecía más alto que nunca y los brillantes ojos verdes destacaban en su bronceado rostro.

—¿Holly, Vito, Angelo? —repitió Pixie, sin dejar de mirar su ancho torso y la camiseta que parecía pegada a él.

—Qué yo sepa, están bien —respondió Apollo con gesto impaciente.

Pero seguía sin explicar qué hacía un multimillonario griego en una peluquería de pueblo. Su pueblo, precisamente, donde Apollo no conocía a nadie. Y ella no contaba porque nunca habían hablado, ni siquiera la había mirado en la boda de Holly. El recuerdo la molestó porque era humana, le gustase o no. Después de hacer un bochornoso discurso contra su amiga, Apollo la había ignorado como si estuviese por debajo de él.

—Me temo que tengo otra cita —le dijo.

—Soy yo, John Smith. ¿No te ha sonado raro? —se burló él.

—No tenía por qué sonarme raro. Dame tu chaqueta

–dijo Pixie, intentando mantener la compostura y olvidar el delicioso aroma de su colonia.

Apollo se la quitó, descubriendo el intrincado dragón tatuado en la muñeca que había visto en la boda de su amiga. Apartando la mirada, Pixie colgó la chaqueta en el perchero y le hizo un gesto para que la siguiera.

–Ven al lavabo –murmuró, intentando recuperar el aliento.

Apollo la miró, sonriente. Era incluso más pequeña de lo que recordaba. Apenas le llegaba al cuello. Había visto tablones con más curvas, pero tenía unos ojos asombrosos, de un color gris claro, que brillaban como estrellas en su expresivo rostro. Tenía la nariz pequeña, los labios carnosos y una piel inmaculada y transparente como la más fina porcelana. Era mucho más natural que las mujeres a las que él estaba acostumbrado. Definitivamente, no se había operado el pecho, no llevaba un bronceado artificial y sus labios parecían ser suyos de verdad.

Pixie le colocó una toalla sobre los hombros, decidida a no dejarse intimidar.

–¿Se puede saber qué haces aquí?

–No te lo puedes ni imaginar –respondió él.

Pixie abrió el grifo, notando que tenía un pelo estupendo. Capas y capas de espeso cabello negro.

–¿Cuándo has visto a Vito y Holly por última vez? –le preguntó.

–En el funeral de mi padre, la semana pasada –respondió Apollo.

–Ah, vaya, te acompaño en el sentimiento. Lo siento mucho –dijo Pixie inmediatamente.

–¿Por qué lo sientes? No lo conocías.

Ella apretó los dientes mientras le aplicaba el champú.

–Es lo que se suele decir.

–Qué compasiva –murmuró él, desdeñoso.

Pixie sintió la tentación de empaparlo con el grifo.

–Siento compasión por cualquiera que haya perdido a su padre.

–Llevaba mucho tiempo enfermo –admitió Apollo–. No ha sido algo inesperado.

Pixie siguió haciendo su trabajo mientras no dejaba de hacerse preguntas. ¿Qué quería de ella? ¿Era una tontería pensar que su visita tenía que ver con ella personalmente? ¿Pero por qué? Aparte de su relación con Holly y Vito, no había ninguna otra conexión entre los dos.

–Háblame de ti –dijo Apollo entonces.

–¿Por qué?

–Porque te lo he pedido, porque es amable –respondió él, con ese acento de colegio caro.

–Hablemos de ti –sugirió ella–. ¿Qué haces en Inglaterra?

–Negocios, visitar gente, ver a mis amigos.

Pixie le puso el acondicionador y empezó a darle un masaje en el cuero cabelludo. Entonces se dio cuenta de que no le había preguntado lo que quería hacerse, pero siguió masajeando, desesperada por mantenerse ocupada y controlar el inesperado encuentro.

Apollo estaba preguntándose si haría otra clase de masajes. El informe que había recibido sobre ella no decía nada sobre su vida sexual o sus costumbres, pero sabía que había tenido que quedarse en casa durante meses por culpa de dos piernas rotas. Pixie movía los dedos tímidamente sobre su cráneo y la imaginó dándole ese masaje mientras él estaba desnudo... y la repentina tensión en su entrepierna le advirtió que dejase de fantasear.

Irritado, Apollo pensó que necesitaba sexo para relajarse. Su última aventura había terminado antes del funeral de su padre y no había estado con nadie desde entonces. Y, al contrario que Vito, él no podía pasar sin sexo. Un par de semanas era demasiado tiempo y Pixie le resultaba inusualmente atractiva. Pero... *diavole!* Era diminuta como una muñeca y él era un hombre grande en todos los sentidos.

Ella le aclaró el pelo y lo secó con una toalla mientras él pensaba en esos labios llevándolo al clímax. Por suerte, se calmó un poco cuando le pidió que se sentase en otra silla.

–¿Qué quieres que te haga? –le preguntó mientras buscaba un peine.

Apollo, excitado como un adolescente, estuvo a punto de decirle precisamente lo que estaba pensando.

–Córtamelo un poco, pero no mucho –le advirtió mientras se preguntaba dónde estaba la secreta atracción.

¿Sería la novedad? En general, le gustaban las mujeres altas, rubias y con curvas. Tal vez se había aburrido de mujeres tan similares que se habían convertido casi en intercambiables. Vito adoraba lo sensata y seria que era Holly, pero él no esperaba tanto. Si Pixie lo complacía en la cama sería un premio extra. Si quedaba embarazada enseguida la trataría como a una princesa. Si le daba un hijo viviría como si le hubiese tocado la lotería. Él solo creía en los resultados.

Por supuesto, Pixie podría rechazarlo. Nunca le había ocurrido, pero sabía que tenía que haber una primera vez. Y entonces ella podría contárselo a la prensa por dinero y eso destrozaría sus planes. De modo que, fuera cual fuera su reacción, tendría que pagarle para que guardase silencio.

Pixie se apartó un momento para colocar el perchero que una cliente había tirado sin querer y Apollo la miró por el espejo, fascinado por la curva de su trasero. También esa parte era muy atractiva.

Luego empezó a cortarle el pelo, aparentemente segura de lo que hacía, enterrando los dedos para comprobar el corte en un gesto que era casi como una caricia. Apollo se preguntó si estaría intentando flirtear, pero parecía concentrada en la tarea... los ojos velados, los labios apretados formando una tensa línea. Claro que eso no impidió que Apollo imaginase esos dedos vagando libremente sobre su cuerpo. De hecho, cuanto más lo pensaba, más se excitaba.

Cuando iba a usar el secador, Apollo intentó quitárselo, pero Pixie, decidida a dominar la oscura melena y a su propietario, le juró que no iba a hacerle nada raro.

Hasta que empezó a cortarle el pelo jamás se le había ocurrido pensar que su trabajo pudiera ser algo tan íntimo, pero tocar el espeso y sedoso pelo de Apollo la turbaba de un modo desconocido para ella. Olía tan bien como un embriagador rayo de sol. Nunca se había puesto nerviosa con un cliente, pero sus pezones se habían levantado bajo el sujetador y sentía una bochornosa humedad entre las piernas.

Pero no se sentía atraída por Apollo, en absoluto. Sencillamente, la ponía nerviosa. Al fin y al cabo, era una celebridad, un playboy de fama internacional adorado por los medios de comunicación. Cualquier mujer se sentiría abrumada en su presencia. Era como si un león hubiese entrado en la peluquería, pensó. Una no podía dejar de admirar su belleza animal, pero por dentro estaba aterrada.

Apollo se levantó y ella se dirigió a la recepción

para buscar su chaqueta. Esperó, en silencio, mientras él metía la mano en el bolsillo, pero de repente Apollo la miró con el ceño fruncido.

—Mi cartera ha desaparecido.

—Ay, Dios... —murmuró Pixie.

—¿La tienes tú?

—¿Me estás preguntando si te he quitado la cartera? —exclamó ella, atónita.

—Eres la única persona que ha tocado mi chaqueta —dijo Apollo en voz alta, llamando la atención de Sally, su jefa, y las demás clientes—. Devuélvemela y no pasará nada.

—Tú estás loco. ¿Por qué iba a quitarte la cartera? —exclamó Pixie cuando Sally llegó a su lado.

—Quiero que llame a la policía —dijo Apollo entonces.

Pixie lo miraba, incrédula. No podía creer que estuviera acusándola de haberle robado la cartera. Aquel hombre estaba loco. ¿Habría ido a la peluquería deliberadamente para acusarla? ¿Y quién creería en su palabra contra la palabra de un hombre tan conocido?

Dejando escapar un gemido, corrió al baño para vomitar. Era su peor pesadilla. Siempre había tenido pánico a los robos, a la deshonestidad. Su padre había sido un ladrón que entraba y salía de prisión a todas horas, su madre una ratera aficionada a sustraer objetos de las tiendas. Si encontrase un bolso tirado en el suelo, Pixie pasaría sin tocarlo por miedo a que la acusaran de ladrona. Era un trauma de la infancia que jamás había logrado superar.

Capítulo 2

EL POLICÍA que se presentó en la peluquería, un hombre de mediana edad que patrullaba las calles de Devon, le resultaba familiar. Pixie lo había visto muchas veces, pero nunca había hablado con él porque era su costumbre alejarse de las fuerzas del orden. Pero el hombre conocía a Sally, como conocía a casi todos los comerciantes del pueblo.

Mientras Apollo daba su nombre y los detalles de la denuncia, en realidad empezaba a preguntarse si había sido un error llamar a la policía. No quería arriesgarse a llamar la atención de los medios y si Pixie le había robado la cartera ¿no era ese en realidad el comportamiento que había esperado? Pixie Robinson necesitaba dinero y su cartera ofrecería una recompensa mayor que la de cualquier otro. De hecho, el policía lo miró con cara de asombro cuando admitió cuánto dinero llevaba.

Pixie dio su nombre y su dirección con voz temblorosa. Enferma de nervios, apoyaba el peso de su cuerpo de un pie a otro, incapaz de permanecer quieta, incapaz de mirar a nadie a los ojos para que no vieran lo asustada que estaba. El policía le preguntó qué había pasado y, mientras respondía, vio que Apollo se apoyaba en la pared en una actitud extrañamente relajada mirando una y otra vez su reloj, como si tuviese que ir a algún sitio importante.

Ella nunca había sido una persona violenta, pero Apollo la sacaba de quicio. ¿Cómo podía ser tan odioso siendo amigo de Vito? Sabía que no era una buena persona desde el día de la boda de su amiga, cuando hizo un discurso ridiculizando a Holly. Desde entonces, había leído sobre él en internet y sabía que era un famoso mujeriego a quien en realidad no le gustaban las mujeres. Sus aventuras nunca duraban más de un par de semanas porque se aburría enseguida, no se comprometía nunca y jamás había tenido una relación que no fuese superficial.

–No olvides mencionar que te acercaste al perchero cuando la señora lo derribó –le recordó Apollo.

–¿Estás sugiriendo que fue entonces cuando te robé la cartera? –replicó Pixie, con un brillo de odio en sus ojos grises.

–¿No podría haberse caído del bolsillo? –sugirió el policía, apartando un par de sillas–. ¿Han mirado bien por todas partes?

–¿Es que no va a registrar a esta mujer? ¿Su bolso al menos? –intervino Apollo.

–No saquemos conclusiones precipitadas, señor Metraxis –dijo el policía.

Apollo enarcó una ceja. Era tan odioso y tan arrogante, pensó Pixie. Estaba totalmente seguro de que le había robado la cartera y haría falta un terremoto para convencerlo de lo contrario.

Se cruzó de brazos en un gesto defensivo para disimular su angustia. Ella no le había robado la cartera, pero una acusación así ensuciaría la reputación de cualquiera. A la hora del té, todo el pueblo sabría que la peluquera rubia del salón de Sally había sido acusada de ladrona. Podría quedarse sin trabajo, pensó, angustiada. No llevaba mucho tiempo allí y no era tan buena como para que Sally se arriesgase a perder clientes.

El policía levantó la papelera y, dejando escapar una exclamación, se inclinó para tomar algo del suelo.

—¿Es esta su cartera?

Visiblemente sorprendido, Apollo alargó una mano.

—Sí, lo es.

—Cuando se cayó la chaqueta, la cartera debió caerse del bolsillo —dijo Sally, aliviada.

—O Pixie la había puesto ahí para recuperarla en un momento más conveniente —murmuró Apollo.

—Si hubieran mirado bien antes de llamar a la comisaría, yo no tendría que haber venido —les reconvino el policía—. Ha hecho una acusación imprudente, señor Metraxis.

Inmune a la censura, Apollo echó la arrogante cabeza hacia atrás.

—Sigo convencido de que mi cartera no terminó ahí por accidente.

A Pixie se le encogió el corazón.

—¡Nunca me han acusado de ladrona! —exclamó, airada, mientras Apollo sacaba unos billetes de la cartera para pagar el corte de pelo y Sally le daba la vuelta con gesto airado.

—No deberíamos hablar de estas cosas en público —les advirtió el policía antes de despedirse.

—Tómate el resto del día libre, Pixie —sugirió Sally, claramente incómoda—. Siento mucho haber llamado a la comisaría antes de mirar bien...

—No pasa nada, lo entiendo —la interrumpió Pixie, sabiendo que el mantra de su jefa era que el cliente siempre tenía razón.

Todo había terminado, pensó, sintiendo un escalofrío. La pesadilla había terminado. Apollo había recuperado su cartera, aunque no parecía capaz de aceptar que ella no la había robado. Pero todo había terminado y el policía se había ido satisfecho. La tensión que la había mantenido en pie hasta ese momento se esfumó y tuvo que agarrarse a la pared para no perder el equilibrio.

–Perdona –murmuró, corriendo al almacén para recuperar su bolso.

No podía dejar de llorar y sabía que, por culpa de la máscara de pestañas, tendría manchurrones negros en la cara, pero le daba igual. Solo quería irse a casa y abrazar a Hector. Cuando atravesó el local, las clientas que habían sido testigos del drama intentaron animarla, pero Pixie solo podía mirar al hombre alto que la esperaba en la puerta. ¿Por qué seguía allí? Por supuesto, querría disculparse, pensó. ¿Por qué si no iba a esperarla?

–¿Pixie? –la llamó Apollo cuando salió de la peluquería.

–Serás canalla... Déjame en paz.

–He venido para hablar contigo...

–Ya has hablado conmigo más que suficiente –lo interrumpió ella.

–Sube al coche. Yo te llevaré a casa.

–No tengo interés, gracias.

De repente, Apollo la tomó en brazos para cruzar la calle y Pixie lo golpeó con tal fuerza que se hizo daño en los nudillos.

–Eres una cosita violenta, ¿eh? –se burló Apollo mientras la dejaba sobre el asiento trasero de un coche.

–¡Déjame salir! –gritó ella, empujando la puerta.

–Voy a llevarte a casa –dijo él, tocándose la mejilla–. Menuda fuerza.

–¡Espero que se te ponga el ojo morado! Para el coche ahora mismo... ¡esto es un secuestro!

–¿De verdad quieres ir por la calle con la cara llena de manchurrones negros?

–¡Si la alternativa es ir contigo, desde luego que sí!

Pero la limusina ya estaba doblando la esquina para llegar al deteriorado edificio en el que vivía, de modo que la discusión no tenía sentido. En cuanto se detuvo, Pixie salió del coche disparada.

Podía ser bajita, pero era fuerte, tuvo que reconocer Apollo. Y no solo sabía dar un puñetazo, también se movía como un relámpago, pensó mientras bajaba del coche.

Respirando agitadamente, Pixie se detuvo en el portal.

–¿Cómo sabías lo de mis antecedentes?

–Te lo contaré si me invitas a entrar.

–¿Por qué iba a invitarte a entrar después de lo que has hecho?

–Tú sabes que he venido a verte e imagino que debes sentir curiosidad –respondió Apollo, como si fuera lo más normal del mundo.

–Puedo seguir viviendo con esa curiosidad –le espetó ella mientras abría la puerta de su apartamento e intentaba cerrarla a toda prisa.

–Pero, evidentemente, no puedes seguir viviendo sin ese idiota de hermano que tienes, ¿no? –replicó Apollo.

La puerta se abrió de nuevo.

–¿Que sabes tú de Patrick? –le preguntó Pixie, airada.

Apollo entró y cerró la puerta tras de sí.

–Lo sé todo sobre ti, tu pasado, tu hermano y tu amiga Holly. Hice que os investigaran a las dos

cuando Holly apareció de repente diciendo que Angelo era hijo de mi mejor amigo.

Sin poder disimular su sorpresa, Pixie dio un paso
atrás y chocó contra la cama. El apartamento, si podía
llamarse así, era diminuto y apenas tenía espacio para
una cama y un sillón. Había tenido que vender muchas de sus cosas antes de mudarse allí.

–¿Por qué has hecho que me investigaran?

–Yo soy más cauto que Vito y quería saber con
quién estaba tratando por si tenía que aconsejarlo o
protegerlo –respondió Apollo, mirando hacia una esquina donde algo pequeño de ojos brillantes intentaba
esconderse.

–Yo diría que Vito es lo bastante mayor como para
saber protegerse a sí mismo.

–Vito no sabe mucho sobre el lado oscuro de la
vida.

No era una sorpresa que Apollo se considerase
superior en ese sentido, pensó Pixie. Desde la infancia, el escándalo había perseguido a los Metraxis: el
dinero de la familia, los numerosos matrimonios de su
padre con mujeres hermosas a las que doblaba la
edad, los divorcios y las consiguientes batallas lega-
les. Toda la vida de Apollo había sido un escandaloso
titular detrás de otro.

Y allí estaba, en su diminuto apartamento. Un famoso y multimillonario playboy griego conocido por
aparecer en las revistas con un excepcional número de
mujeres bellísimas y medio desnudas en su yate. Le
parecía injusto que un hombre tan rico y aparentemente inteligente también hubiera recibido el don de
la belleza. Apollo, como su nombre, era increíblemente apuesto y la había dejado sin aliento desde el
día que lo conoció en la boda de Holly y Vito.

Tenía una personalidad desagradable, pero siempre sería el centro de atención con esos preciosos ojos verdes, la nariz clásica y esa boca de labios gruesos y sensuales. Su atractivo era electrizante. Le gustaría pensar que no la afectaba, pero ella era una mujer normal, con la normal dosis de hormonas. Y eso era todo. Los locos latidos de su corazón y ese extraño cosquilleo en la pelvis... todo era hormonal y tan trivial como su gusto por el chocolate. No tenía por qué regañarse a sí misma.

Un gemido devolvió a Pixie al mundo real. Mientras ella miraba a Apollo como una tonta, su pobre perro necesitaba su paseo, de modo que se levantó para buscar la correa.

—No sé qué haces aquí y me da igual. Tengo que sacar a mi perro.

Apollo la vio inclinarse para sacar a rastras, literalmente a rastras, a un perrillo aterrorizado, hablando con él en voz baja como si fuera un bebé.

—Tenemos que hablar, así que iré contigo —le dijo.

—No quiero que vengas. Y si tanto interés tienes por hablar conmigo, acusarme de robarte la cartera delante de mi jefa no es la mejor forma de ganarte mi simpatía.

—Sé que necesitas dinero y pensé...

Pixie levantó la cabeza con gesto airado.

—¡No deberías suponer nada sobre alguien a quien no conoces en absoluto!

—¿Siempre eres tan discutidora?

—¡Me has acusado de ladrona delante de mi jefa! —le recordó Pixie—. Mira, puedes esperar aquí. Tardaré unos quince minutos —le dijo, antes de salir y cerrar con un sonoro portazo.

Una vez fuera, Pixie intentó respirar. Apollo sabía

lo de las deudas de su hermano. Patrick era una buena persona, pero había cometido un error. Había tomado parte en partidas de cartas ilegales y, en lugar de parar cuando empezó a perder dinero, había seguido jugando con la absurda convicción de que la mala racha no podía durar para siempre.

Cuando se dio cuenta de su error había acumulado una deuda que no podía pagar, pero estaba haciendo lo posible por solucionarlo. Era electricista durante el día y trabajaba en un bar por las noches.

Aun así, la situación era desesperada. ¿Pero de verdad estaba Apollo ofreciéndole ayuda? Él no era un tipo benevolente y generoso. Además, ¿por qué había ido a la peluquería a buscarla para luego acusarla de ladrona? Pixie suspiró. Nada de aquello tenía sentido. Al parecer, Apollo Metraxis era un hombre muy complicado e impulsivo y no podía imaginar cuáles eran sus intenciones a menos que él mismo se las contase.

Apollo examinó la triste habitación mientras mascullaba una palabrota. Las mujeres no solían tratarlo así, pero Pixie era testaruda y desafiante. Nada que ver con la mujer sumisa que debería buscar como esposa, le dijo una vocecita. Pero decidió ignorarla mientras tomaba el libro que había sobre la mesa. El dibujo de la portada era muy revelador: un pirata con botas negras y una espada en la mano. Apollo esbozó una sonrisa. Igual que un libro nunca debería ser juzgado por la portada, tampoco debería juzgar a Pixie, pero esa imagen daba a entender que era una romántica empedernida.

Sonriendo, sacó el móvil del bolsillo y encargó un almuerzo para dos.

Ella volvió unos minutos más tarde y, después de

quitarle la correa, vio cómo Hector corría a esconderse bajo la cama.

Apollo estaba sentado en el único sillón que poseía. Alto, musculoso, con las piernas separadas, el pelo negro alrededor de su rostro acentuando el brillo de sus ojos, tan verdes como esmeraldas.

—¿Siempre se porta así? —le preguntó él, con el ceño fruncido.

—Sí, siempre. Es un perro maltratado y los hombres le dan pánico... Bueno, dime por qué estás aquí.

—Tú tienes un problema y yo también. Creo que es posible que podamos llegar a un acuerdo para solucionarlos —respondió él.

—No sé de qué estás hablando.

—Para empezar, te pagaré para que guardes silencio sobre lo que estoy a punto de contarte porque es información altamente confidencial.

Pixie arrugó el ceño.

—No necesito que me pagues para guardar un secreto. A pesar de lo que pareces pensar, no soy maliciosa ni deshonesta.

—No, pero necesitas dinero y la prensa valora mucho cualquier historia sobre mí —señaló Apollo.

—¿Te ha pasado alguna vez? —le preguntó Pixie.

—Muchas veces. Antiguos empleados, exnovias... —respondió él apretando los labios—. Ese es el mundo en el que vivimos y por eso tengo un montón de guardaespaldas que van conmigo a todas partes. Ellos son testigos de todo lo que me ocurre.

Pixie había visto frente a su casa a un hombre con traje de chaqueta oscuro y gafas de sol, apoyado en la puerta de un coche.

—No confías en nadie, ¿verdad?

—Confío en Vito. Confiaba en mi padre también,

pero me defraudó muchas veces... y más aún con su testamento.

Pixie pensó que estaban acercándose al asunto que parecía tenerlo tan preocupado. Aunque no creía que nada ni nadie pudiese acorralar a un hombre como él, que era una fuerza de la naturaleza y tenía recursos con los que la mayoría de la gente solo podía soñar.

–No sé dónde quieres ir con esto –murmuró, incómoda–. ¿Estás pidiéndome un favor?

–Yo no pido favores. Pago a la gente para que haga cosas por mí.

–Entonces, hay algo que crees que puedo hacer por ti y estás dispuesto a pagar por ello, ¿es eso?

En ese momento alguien llamó a la puerta y Apollo se levantó para abrir como si estuviera en su propia casa.

Pixie suspiró. Tenía algo que contarle, pero parecía temer darle demasiada información. Y lo entendía porque tampoco era fácil para ella confiar en la gente. Solo confiaba en Holly y en su hermano, por quienes haría cualquier cosa. Aunque en los últimos meses había sido falsa con su amiga, tuvo que reconocer. No podía contarle la verdad sobre las deudas de su hermano porque sabía que Holly insistiría en ayudarla y no quería aprovecharse de su nueva situación. De modo que estaba lidiando con sus problemas como lo había hecho siempre: sola.

Pixie torció el gesto cuando el guardaespaldas que esperaba en la puerta entró acompañado de otros dos hombres cargados de platos, cubiertos, servilletas y copas de cristal.

–Pero bueno... ¿qué es todo esto?

–El almuerzo, estoy hambriento–respondió Apollo, apartando un platito–. Esto es para el perro.

—¿El perro?

—Me gustan los animales, probablemente más que la gente —admitió él.

Pixie levantó el papel de aluminio que cubría el plato y descubrió que era un estofado de carne con verduritas. Olía de maravilla, mejor que el pienso que ella solía darle. Cuando lo metió bajo la cama, Hector empezó a comer inmediatamente, encantado.

—¿De dónde has sacado toda esta comida?

—Del hotel de la esquina. No hay mucho donde elegir por aquí.

Pixie asintió con la cabeza mientras lo ayudaba a colocar platos y copas sobre la mesa. Apollo no vivía como una persona normal. Si tenía hambre, llamaba a su guardaespaldas para que encargase el almuerzo y listo.

—¿Vas a decirme cuál es tu problema? —le preguntó después, cuando los hombres desaparecieron.

—No puedo heredar la fortuna de mi padre a menos que me case —respondió Apollo en voz baja—. Él sabía lo que yo pensaba del matrimonio... y no entiendo por qué lo hizo. Él nunca fue feliz. Tras la muerte de mi madre tuvo que divorciarse de las cinco mujeres que la siguieron.

Pixie hizo una mueca.

—Un poco como Enrique VIII con sus seis esposas —murmuró.

—Mi padre no asesinó a ninguna, aunque si hubiese podido hacerlo sospecho que se habría cargado al menos a un par de ellas —dijo Apollo, burlón.

—¿Por qué habría querido forzarte al matrimonio?

—No quería que se perdiese el apellido, supongo.

—Pero para evitar eso, tendrías que tener un hijo —señaló Pixie.

–Así es. Y mis abogados dicen que el testamento es válido porque mi padre lo redactó cuando estaba en posesión de todas sus facultades. Tengo cinco años para cumplir con esa condición antes de heredar –dijo Apollo, con los dientes apretados–. *Thee mou*... ¿cómo puede pensar nadie que eso es razonable? ¡Es una locura!

–Es raro, desde luego, pero supongo que las personas ricas como tu padre piensan que pueden hacer lo que quieran con su fortuna.

–Ya, claro, pero yo llevo años dirigiendo el emporio familiar y esto es una traición.

–Lo entiendo –murmuró Pixie, pensativa–. Yo solía creer a mi padre cuando me decía que no volvería a la cárcel, pero ni siquiera intentó mantener su promesa. Y mi madre era igual. Siempre prometía que dejaría de robar en las tiendas, pero solo dejó de hacerlo cuando se puso enferma.

Apollo la estudió en silencio, sin saber si debía sentirse ofendido por esa comparación de su respetado padre con una pareja de delincuentes.

–He decidido cumplir con los términos del testamento –anunció entonces–. No estoy dispuesto a perder la fortuna familiar por la que tanto han trabajado tres generaciones de mi familia.

–Me parece lógico, pero sigo sin entender qué tiene que ver todo eso conmigo –dijo Pixie.

Apollo dejó su tenedor sobre el plato y levantó la copa de vino.

–Pienso cumplir con los términos del testamento a mi manera –anunció, sus fabulosos ojos verdes brillando bajo las largas pestañas–. No quiero una esposa de verdad. Contrataré a una mujer que se case conmigo y tendré un hijo. Luego nos separaremos y mi vida volverá a ser la de siempre.

—¿Y el hijo? ¿Qué será de ese niño?

—El niño vivirá con su madre y yo intentaré hacer lo que pueda por él. Mi objetivo es conseguir un acuerdo civilizado con una mujer sensata.

—Pues buena suerte —dijo Pixie, sentada en el suelo porque no había más sillas—. No creo que sea fácil encontrar a una mujer así. ¿Quién querría casarse para tener un hijo y luego divorciarse?

—Una mujer a la que hubiera pagado bien —respondió Apollo—. No quiero terminar con una mujer que no quiera despegarse de mí.

Pixie puso los ojos en blanco.

—Cuando una mujer sabe que no es querida no suele pegarse a un hombre.

—Te sorprendería saber cuánto me cuesta librarme incluso de las relaciones más cortas. Las mujeres se acostumbran a mi estilo de vida y no quieren abandonarlo.

Ella levantó su copa de vino.

—Tienes un problema, desde luego —comentó con cierta burla—. Pero no entiendo por qué me lo cuentas a mí precisamente. No nos conocemos de nada.

—¿Siempre eres tan lenta?

Pixie lo miró con cara de sorpresa.

—¿Qué quieres decir?

Tenía unos ojos preciosos, tuvo que reconocer Apollo, luminosos y claros de un gris que brillaba como plata bruñida.

—¿Qué crees que hago aquí?

El brillo de los ojos verdes provocó una oleada de calor prohibido en su pelvis. Pixie se quedó inmóvil, su corazón latiendo alocado, como si alguien hubiera pulsado el botón del pánico porque, de repente, se sentía vulnerable y... consumida de deseo. Lo peor que podía pasar cuando se trataba de un hombre.

—Creo que, por el precio adecuado, tú podrías ser esa mujer –siguió Apollo–. Yo obtendría una esposa que conoce y acepta los términos de nuestro matrimonio y tú conseguirías librar a tu hermano de sus deudas y tener una vida cómoda y segura después del divorcio.

Pixie, que estaba tomando un sorbo de vino, se atragantó y empezó a toser. ¿Había pensado en ella? ¿Por eso había ido a buscarla? ¿Ella y él, la pareja más dispar del mundo? ¿La mujer a la que había acusado de robarle la cartera? ¿Estaba loco de verdad o era simplemente un excéntrico?

Capítulo 3

OSIENDO E intentando recuperar el aliento,
Pixie corrió al baño para beber agua. Cuando
se miró al espejo vio que se le había corrido la
máscara de pestañas y tenía una mancha negra en la
mejilla, pero eso no era importante. Lo importante
era que Apollo Metraxis estaba ofreciéndole rescatar
a Patrick de unos acreedores violentos si se casaba
con él y tenía un hijo.

«No olvides el hijo», se dijo a sí misma. La absurda idea de tener un hijo con Apollo, de acostarse
con Apollo...

Pixie tragó saliva. Era lo más absurdo que había
escuchado en su vida y no entendía por qué había
decidido pedírselo a ella precisamente. ¿Estaría loco?
Tal vez había perdido la cabeza tras la muerte de su
padre.

–Es lo más ridículo que he escuchado en toda mi
vida –le dijo cuando volvió al salón–. No puedo creer
que hables en serio. Ni siquiera me conoces.

–No estoy sugiriendo un matrimonio normal y sé
todo lo que necesito saber sobre ti.

–¡Hace menos de una hora me has acusado de robarte la cartera! –exclamó Pixie.

–Porque sé lo desesperada que estás por conseguir
dinero. Si tu hermano no es capaz de pagar sus deudas, su vida corre peligro. Le debe dinero a un matón

capaz de todo y podría decidir dar ejemplo con tu hermano para que los demás no cometan el mismo error.

Apollo parecía conocer bien el predicamento de Patrick y a Pixie se le encogió el estómago al pensar en lo que podría ocurrir. A pesar de la paliza que había recibido, había esperado que eso fuera lo peor que iban a hacerle.

–Pero eso no explica por qué estás interesado en alguien como yo –le dijo.

–Ya te he dicho que prefiero elegir a una mujer a la que pueda pagar para que se case conmigo. Además, quiero controlar el acuerdo para que cumplas las reglas hasta que haya finalizado. Eso me parece más seguro. No sería bueno para ti o para tu hermano contarle a nadie que nuestro matrimonio es una farsa –señaló Apollo, absolutamente seguro de sí mismo–. Si se lo contases a la persona equivocada yo podría perder mi herencia para siempre. Si me traicionases, infringirías los términos del acuerdo y tu hermano y tú tendríais aún más problemas de los que tenéis ahora mismo.

Estaba intentando intimidarla y eso le decía algo que hubiera preferido no saber sobre Apollo. Quería una mujer a la que pudiese controlar, una mujer que respetase las condiciones del acuerdo o perdería todos los beneficios.

–Es tan retorcido... buscas una mujer a la que puedas chantajear para que haga lo que tú quieras, pero yo no podría ser esa mujer.

–No te subestimes, Pixie. Creo que tú tienes carácter suficiente para lidiar conmigo –dijo Apollo, con un brillo burlón en los ojos–. ¿No entiendes que te ofrezco la forma de salvar a tu hermano de su propia irresponsabilidad?

Pixie no sabía qué decir y Apollo, suspirando, sacó su móvil y habló con alguien en griego.

–¿Lo dices en serio? –le preguntó ella después en un susurro.

–Claro que hablo en serio.

–Pero has dicho que necesitas tener un hijo...

–Si no quedases embarazada nuestro matrimonio terminaría dieciocho meses después. No puedo perder más tiempo –dijo Apollo sin vacilar–. Pero seguirías recibiendo una pensión. De modo que, tengas un hijo o no, seguirías teniendo un futuro libre de deudas.

Alguien llamó a la puerta entonces y Pixie se apresuró a abrir porque necesitaba un momento para calmarse y ordenar sus pensamientos. Dos hombres entraron para llevarse los platos, dejando solo el vino y las copas.

–No pienso acostarme contigo –le espetó después, en cuanto la puerta se cerró tras ella.

Apollo la estudió con cara de asombro y luego echó la cabeza hacia atrás para soltar una carcajada. De hecho, estuvo a punto de tirar la silla en la que estaba sentado.

–No entiendo por qué te hace tanta gracia. Aunque tú te acuestas con extrañas de forma habitual, para mí no es algo normal y no lo haría nunca –Pixie levantó la voz, nerviosa y avergonzada–. Podría tardar meses en quedar embarazada... no, no podría hacerlo. Es absolutamente imposible que pudiera acostarme contigo.

–Holly es una romántica, pero pensé que tú eras más sensata. Cásate conmigo e intenta quedar embarazada. Así no tendrás que vivir en este agujero, podrás salvar a tu hermano y llevar una vida decente. Todos los problemas desaparecerán... yo puedo hacer que eso ocurra. No vas a recibir una oferta mejor.

Con la cara ardiendo, Pixie se sentó en la cama. En realidad, la idea de acostarse con Apollo provocaba algo extraño en su interior... y debía confesar que no era algo desagradable. No, imposible, se dijo. Mucho tiempo atrás se había prometido a sí misma que solo se acostaría con un hombre del que estuviese enamorada. No había reservado su virginidad para entregársela a Apollo Metraxis.

Apollo la miraba sin disimular su frustración. No entendía qué le pasaba. Todas las mujeres lo encontraban atractivo. Sabía que no le caía bien, pero eso no le parecía necesario para mantener una relación sexual. El sexo era para él como la comida, algo necesario que disfrutaba de manera frecuente, pero en lo que no perdía tiempo pensando. Le asombraba que Pixie concentrase sus objeciones en la necesidad de una relación sexual. Estaba rígida, con la cabeza inclinada mientras intentaba acariciar al perro con una mano, pero el animal parecía tener miedo de su presencia. Podía ver sus ojillos vigilantes bajo la cama.

–Dime cuál es el problema.

–No quiero tener un hijo con alguien que no me quiere y que tampoco querría a ese hijo –respondió ella–. Eso se parece demasiado a la relación de mis padres y... te aseguro que mi infancia fue un infierno.

Apollo se quedó sorprendido.

–No estoy interesado en una mujer que quiera seguir casada conmigo. Quiero ser libre en cuanto haya cumplido los términos del testamento. No estoy interesado en una relación romántica, Pixie, pero estoy seguro de que querría a mi hijo.

Esa admisión calmó un poco los miedos de Pixie, pero la idea de acostarse con Apollo no dejaba de dar vueltas en su cabeza. Su frente se cubrió de sudor cuando levantó la cabeza para mirar a su torturador. Era un hombre guapísimo, pero no sabía si sería considerado en la cama. Pixie se sentía como una doncella medieval subastada por dinero. Claro que era una tontería porque podía rechazarlo. La decisión era solo suya.

Las mujeres llevaban siglos casándose por razones que no tenían nada que ver con el amor. Algunas se casaban para tener hijos, otras por dinero o buscando seguridad y muchas lo hacían para complacer a sus familias...

Pixie sacudió la cabeza. Estaba pensando demasiado en el componente sexual y no debía hacerlo.

¿Significaba eso que estaba tomando en consideración la propuesta de Apollo? Pixie pensó en su vida actual. Estaba ahogándose en las deudas de su hermano, no tenía una vida. No podía permitirse tener una vida. Iba a trabajar, volvía a casa, comía algo barato para ahorrar hasta el último céntimo. Aparte de Hector, a quien adoraba, esa era una vida miserable para una mujer joven, pero un sexto sentido le advertía que Apollo tenía el poder de hacer que su vida fuese aún más difícil.

Estando casada con él vería a Holly más a menudo, pensó entonces. Pero nada podría hacer que se casara con él por dinero. Sería como alquilar su útero y, aunque anhelaba tener un hijo y echaba de menos a su amiga, nunca había pensado tener un hijo tan joven o criarlo sola. Hacer eso sería un error, pensó, angustiada. Además, eludir las condiciones del testamento de su padre sería infringir la ley y se negaba a involucrarse en algo así.

—No puedo creer que estés dispuesto a hacer esto solo por dinero... claro que yo nunca he tenido dinero suficiente como para echarlo de menos –admitió–. Supongo que veo las cosas de otra manera.

–Yo he hecho una fortuna por mí mismo –dijo Apollo, orgulloso–. Pero hay algo más importante que el dinero: el hogar de mi familia, la isla donde todos mis parientes están enterrados. La empresa fundada por mi abuelo y mi bisabuelo, las raíces de mi familia. Mi padre ha tenido que morir para que me diese cuenta de lo apegado que estoy a esas raíces. Francamente, no quería admitirlo.

Su sinceridad desconcertó a Pixie. Al parecer, había dado por sentado todo eso hasta que se vio forzado a enfrentarse con la amenaza de perderlo.

–Mentir y fingir no es algo natural para mí –empezó a decir–. Y un matrimonio falso sería ilegal, de modo que no puedo hacerlo. Ni siquiera tengo multas de tráfico –añadió– Tú no puedes entenderlo, pero nunca haré nada ilegal. Mi infancia me enseñó lo terrible que es eso.

–Pero cumpliríamos con los términos del testamento, que especifica que debo casarme y tener un hijo en cinco años –insistió él–. Mi intención es divorciarme después, pero si el matrimonio es consumado y tenemos un hijo será un matrimonio legal.

Pixie tragó saliva.

–No quiero saber nada, lo siento. Entiendo que has pensado que conmigo sería fácil, pero no puedo hacerlo. No te preocupes, no se lo contaré a nadie. Además, a cualquiera que se lo contase pensaría que me he vuelto loca.

Apollo se levantó, dominando la habitación con su estatura.

–Piénsalo –le dijo, sacando una tarjeta del bolsillo–. Mi número privado, por si cambias de opinión.

–No voy a cambiar de opinión –insistió ella.

Apollo miró esos labios carnosos y tuvo que sonreír.

–Nos habríamos entendido en la cama. Te encuentro sorprendentemente atractiva.

–Yo no puedo decir lo mismo –replicó ella mientras abría la puerta con manos temblorosas–. No me caes bien. Eres arrogante, insensible y totalmente despiadado cuando quieres algo.

–Pero te excito y eso te enfurece –murmuró Apollo–. No se te da bien fingir desinterés.

Pixie lo fulminó con la mirada.

–¿Te crees irresistible? ¡Pues no lo eres!

Él levantó su barbilla con un dedo.

–¿Estás segura? –murmuró, inclinando la oscura cabeza.

–Segura al cien por cien –respondió ella con voz temblorosa. Pero no era verdad. Tenerlo tan cerca aceleraba su corazón hasta el punto de dejarla mareada.

–Seguro que yo podría convencerte –susurró él, con tono viril y dominante–. Seguro que podría convencerte para que hicieras cualquier cosa. Incluso creo que podría hacer que disfrutases saltándote las reglas...

El efecto hipnotizador de esos ojos verdes era tan potente que le temblaban las rodillas.

–Eso es lo que te gustaría creer.

Tenía las pupilas dilatadas y sus pezones se marcaban bajo la camiseta. Apollo, duro como una piedra, inclinó la cabeza y trazó esa obstinada boca con la punta de la lengua.

Pixie estaba tan excitada que no podía respirar. Era una sensación extraordinaria. De repente, quería lo que no había querido hasta ese momento. Quería ponerse de puntillas y exigir el beso que Apollo insinuaba, pero se negaba a dar.

Él contuvo la risa, mirándola con ojos burlones.

–Cabezota y orgullosa. Eso es peligroso estando conmigo porque yo también soy cabezota y orgulloso. Nos pelearemos, pero también habrá fuegos artificiales. No es algo que suela buscar en una mujer, pero haré una excepción contigo, *koukla mou*. Disfrutaré haciendo que tengas que comerte tu desafío y tu rechazo...

A Pixie se le heló la sangre en las venas y, como si intuyera su angustia, Hector lanzó un gruñido desde su escondite, pero Apollo rio de nuevo.

–Deja de engañarte a ti mismo, perro. No vas a atacarme. ¿Cómo se llama? –le preguntó, desconcertándola por un momento.

–Hector.

–Hector era un príncipe troyano y un gran comandante del ejército en la mitología griega. ¿Lo sabías? –le preguntó él mientras se dirigía a la puerta.

–No, no lo sabía. Solo pensé que el nombre le pegaba.

Pixie no volvió a respirar hasta que la puerta se cerró, pero en cuanto Apollo desapareció se sintió absurdamente decepcionada. Por alguna razón, la visita de Apollo Metraxis había sido... emocionante.

Cuando la amenaza desapareció, Hector salió de debajo de la cama y se sentó frente a ella, mirándola fijamente. Sonriendo, Pixie lo tomó en brazos.

–Un príncipe troyano, no un simple perro callejero. Te puse el nombre adecuado –murmuró, enterrando la cara en su peludo cuello y sintiendo que le temblaban los labios al recordar ese ensayo de beso que, tontamente, la había dejado anhelando más.

Esa noche, Patrick se puso en contacto con ella por Skype. Tenía los ojos ensombrecidos, el rostro macilento.

–Tengo que darte una mala noticia. María está embarazada y no se encuentra bien.

–¿Embarazada? –repitió Pixie, incrédula.

Patrick hizo una mueca.

–No ha sido planeado, pero llevamos varios años juntos y queremos ese hijo –le explicó mientras intentaba sonreír.

–Enhorabuena –dijo Pixie, aunque temía que ese embarazo complicase aún más la situación.

–El problema es que no se encuentra bien y no puede estar de pie todo el día en la tienda. Y yo siempre estoy trabajando... ¿quién va a cuidar de ella? –su hermano suspiró–. No quiero pedírtelo, pero... ¿podrías prestarme algo más este mes?

–Veré lo que puedo hacer –respondió ella, parpadeando para controlar las lágrimas.

Después de hablar con su hermano Pixie estaba más angustiada que nunca. La situación económica de Patrick y María era tan frágil como un castillo de naipes, pero ella no tenía dinero y debería admitirlo.

No podía dejar de pensar en Apollo porque tenía que ayudar a su hermano pequeño. Patrick vivía bajo amenazas y, además, tenía que pensar en María y en el niño que estaba en camino, pensó, desolada. ¿Cómo iba a darle la espalda cuando Apollo había dejado claro que si se casaban él se encargaría de solucionar todos sus problemas?

¿Sería Apollo su salvador? Esa idea le resultaba extraña. Apollo Metraxis estaba más interesado en sí mismo que en los demás. De hecho, su hermano y ella eran más bien piezas de ajedrez que él quería mover estratégicamente. Los sentimientos, las emociones no tenían interés para Apollo y qué simple debía ser así la vida, pensó, sintiendo cierta envidia.

Suspirando, tomó la tarjeta que le había dado y escribió un mensaje en su móvil.

Seré la madre de tu hijo si pagas las deudas de mi hermano.

Los ideales no serían un consuelo si su hermano seguía sufriendo o si el matón al que debía dinero decidía acabar con él para dar ejemplo. Apollo había encontrado su precio y Pixie se sentía humillada y manipulada porque la había hecho anhelar su boca esa tarde y el recuerdo aún la incomodaba. Si se casaba con él estaría en su poder, pero no encontraba otra salida.

No lo lamentarás. Hablaremos de negocios la próxima vez que nos veamos, fue la respuesta de Apollo.

«Negocios», no matrimonio. Pero tal vez era la mejor manera de verlo, como un acuerdo más que una relación. En fin, era la única forma de verlo. Como un trato entre dos personas y no como una relación de pareja. En realidad, Apollo no sería su marido y ella no sería su mujer. Solo sería una farsa, ¿no? Tal vez así sería más fácil de soportar.

Capítulo 4

ES MUY sencillo –le dijo Apollo por teléfono con tono helado–. Solo tienes que hacer las maletas y alguien irá a buscarte esta misma tarde.

–No puedo dejar mi trabajo sin más. Se supone que debo advertir con quince días de antelación... y también a mi casero.

–Mis empleados se encargarán de todo, no te preocupes. Te quiero en Londres conmigo esta noche para que empecemos con los preparativos.

–¿Qué preparativos?

–Tendrás que firmar muchos documentos, ver a un médico, comprar ropa. He hecho una lista y te aseguro que estarás muy ocupada.

Pixie pensó en su hermano y cerró los ojos un momento, intentando recuperar la compostura. Había puesto su vida en las manos de Apollo y no podía echarse atrás.

–¿Dónde voy a alojarme?

–En mi ático. Es más discreto que un hotel y, además, yo no estaré aquí durante gran parte de la semana porque tengo trabajo en Atenas.

–Muy bien –asintió ella, sabiendo que no podía discutir.

Cielo santo, ¿había odiado tanto a algún hombre en su vida?

Vito era uno de los pocos hombres en los que confiaba porque sabía cuánto quería a Holly y sus sentimientos por Angelo eran igualmente obvios, pero había habido tan pocos hombres buenos en su vida. Su propio padre solía pegar a su madre cuanto estaba borracho. Y a ella. Cuando no estaba en la cárcel solía pagar su mal humor con la familia. Ella, al contrario que Holly, nunca se había hecho ilusiones sobre familias felices porque su propia experiencia había sido terrible.

Sus padres se habían casado cuando su madre quedó embarazada, pero nunca había visto afecto entre ellos. La vida familiar era desastrosa y cuando tenía ocho años, tanto Patrick como ella habían sido llevados a casas de acogida porque su madre estaba en la cárcel. Y su experiencia en esas casas de acogida había sido terrible porque el comportamiento de los hombres era aterrador. Pixie era muy joven cuando empezó a temer al sexo opuesto y siempre estaba en guardia.

La casa de acogida que se convirtió en su primer hogar de verdad había sido la de Sylvia y Maurice Ware, donde la habían llevado cuando tenía doce años. Maurice y su mujer tenían una bonita granja en Devonshire y eran devotos guardianes de los niños traumatizados que vivían con ellos. Maurice había muerto años antes y la granja había sido vendida, pero Pixie nunca olvidaría el cariño y la comprensión de la pareja. Fue en su casa donde conoció a Holly y donde se forjó su amistad, aunque ella era dieciocho meses menor que su amiga.

Pixie dejó un mensaje de disculpa para su jefa, Sally, en el contestador. ¿Qué otra cosa podía hacer con Apollo dirigiendo su vida? Aunque todo aquello la asustaba de verdad. ¿Qué haría si al final Apollo decidía no casarse con ella? ¿Dónde iría? ¿Cómo iba a encontrar otro trabajo? No confiaba en él y no quería terminar en la calle, sin trabajo, sin dinero y sin un hogar para Hector.

Una limusina fue a buscarla por la tarde. El conductor guardó sus cosas en el maletero y luego sacó un trasportín en el que Hector se negaba a entrar. Ella prometió que el perrillo se portaría bien si dejaba que viajase sobre sus rodillas y el hombre no puso objeciones. Pixie subió al opulento coche con una sensación de incredulidad. Había estado en la boda de Vito y Holly, había visto las impresionantes fotografías de su casa en Italia, pero su amiga no solía llevar joyas o vestidos elegantes y, en general, no había cambiado. Cuando estaban juntas resultaba fácil olvidar que era la esposa de un multimillonario.

El lujoso interior de la limusina, con una televisión, un teléfono y hasta un bar, era fascinante. Fue un viaje largo, pero al anochecer el conductor paró en un lujoso hotel y dijo que la esperaría mientras cenaba. Solo entonces se dio cuenta de que otro coche, ocupado por dos hombres, los seguía. Pixie entró en el restaurante del hotel y, horrorizada al ver los precios de la carta, solo pidió una ensalada. Por supuesto, el conductor se encargó de pagar, de modo que sus miedos eran infundados.

Cuando por fin llegaron a Londres estaba agotada y nerviosa. Era de noche cuando la limusina entró en el garaje y, con Hector en brazos, subió a un ascensor con el guardaespaldas y su alto compañero.

–¿Cómo os llamáis? –preguntó.

–Theo y Dmitri, señorita Robinson. Pero se supone que no debemos entablar conversación –respondió

Theo–. Estamos aquí para cuidar de usted, pero somos empleados.

Era evidente que Apollo vivía en otro mundo porque ella no podía ignorar a alguien solo porque fuese un empleado. Pero en ese momento tenía otras preocupaciones. ¿Vería a Apollo esa noche?, se preguntó. Las puertas del ascensor se abrieron frente a un enorme vestíbulo y se dio cuenta de que era un ascensor privado. Apollo disfrutaba de todos los lujos.

Un hombre de corta estatura, vestido con traje de chaqueta, se acercó a ella.

–Mi nombre es Manfred, señorita Robinson. Deje que la acompañe a su habitación.

Un segundo después pasaron frente a un elegante salón donde vio a una guapísima rubia con una copa en la mano. ¿Una de las novias de Apollo? Probablemente, pensó. Tendría que preguntarle qué pensaba hacer después de su matrimonio... si llegaban a eso, porque no estaba dispuesta a mantener relaciones con un hombre que se acostaba con otras mujeres al mismo tiempo.

–Es la habitación del patio –anunció Manfred, abriendo la puerta de un dormitorio–. Perfecta para el perrito.

–Ya veo –asintió ella, mirando el bonito patio con una verja que lo separaba de la piscina. Muy práctica, pensó, así Hector no correría ningún riesgo.

–¿Le apetece tomar algo?

–No diría que no a un bocadillo –respondió Pixie.

Hector se dedicó a explorar su nuevo hogar mientras ella sacaba las pocas cosas que llevaba en la maleta. En una esquina de la habitación había una camita para perro en forma de casa y Hector olisqueó a un lado y a otro antes de decidir que no era un peligro.

Sonriendo, Pixie fue a ducharse en el precioso cuarto de baño, incrédula al encontrarse en un sitio tan lujoso. Después, con su pijama de pantalón corto, se tumbó en la cama para comerse el bocadillo que Manfred había dejado en una bandeja.

Apollo ya le había dicho a Lauren que tenía que madrugar y que su inesperada visita era inconveniente. Le había ofrecido una copa de vino, habían charlado un rato sobre temas que lo aburrían y se había zafado de una evidente invitación al sexo. Él nunca llevaba a sus amantes a ninguna de sus propiedades; las llevaba a un hotel o iba a sus apartamentos porque de ese modo podía irse cuando quisiera.

–Quieres que me vaya, ¿verdad? –le preguntó Lauren con esa vocecita de niña que lo sacaba de quicio.

–Esta noche no me viene bien –respondió él–. Tengo que madrugar y, además, tengo una invitada.

–¿Otra mujer? –exclamó ella.

Apollo dejó escapar un suspiro. Lauren llevaba en su vida dos días exactamente. Aún no se habían acostado juntos y, a partir de ese instante, sabía que no lo harían nunca porque su actitud lo decepcionaba. Lauren se marchó, enfadada, dejando a Apollo libre para satisfacer su deseo de ver a Pixie. Quería verla, aunque no sabía bien por qué. Claro que era la mujer con la que iba a casarse y, por lo tanto, más importante que un revolcón con Lauren. Además, quería ver si a Hector le había gustado su nueva cama.

Apollo llamó a la puerta de la habitación y abrió sin esperar respuesta. Justo a tiempo para ver la expresión de pánico en los ojos de Pixie, que se apoyaba en el cabecero de la cama con gesto aprensivo.

–Lo siento. ¿Te he asustado? –le preguntó, pensando que su reacción era excesiva.

Ella irguió los hombros.

–No pasa nada –respondió, intentando fingir una calma que no sentía–. Pensé que tenías compañía.

–No, ya no –dijo Apollo, sin poder disimular una sonrisa.

Llevaba un pijama de pantalón corto nada elegante o atractivo. Pero, mientras su lado racional le decía eso, su cuerpo reaccionaba como si estuviera desnuda. Sus pequeños pezones se marcaban bajo la camiseta del pijama y tenía unas piernas largas y esbeltas. De hecho, solo con mirar ese rostro ridículamente atractivo y esos labios carnosos tenía que agradecer que la chaqueta ocultase lo que estaba pasando bajo el cinturón.

–Bueno, aquí estoy –dijo Pixie–. Gracias por la cama para Hector.

Apollo miró al perrillo, que se había hecho una bola como para que no se fijase en él, y tuvo que esbozar una amplia sonrisa.

–Ya que es tan aficionado a esconderse, pensé que al menos podría estar más cómodo.

Era guapísimo cuando sonreía de ese modo, pensó Pixie. No sabía que pudiera sonreír así o que tuviese un punto débil con los animales, pero no debía estar bromeando cuando dijo que a menudo los prefería antes que a las personas. Eso mostraba un lado más humano y la reconciliaba un poco con él. En cuanto a esos asombrosos ojos verdes que iluminaban sus facciones... era difícil apartar la mirada. Sí, era un hombre muy atractivo, pero también un mujeriego. Joven, guapo y rico, Apollo era el objetivo de muchas buscavidas, tal vez por eso no le gustaban demasiado las mujeres. Al menos eso era lo que pensaba, aunque no sabía si era cierto. ¿Y por qué le importaba? ¿Por qué pensaba en él de ese modo? Lo que fuese o cómo fuese Apollo Metraxis no debería importarle en absoluto. Debería concentrarse solo en el acuerdo, sin hacerse preguntas ni dejarse afectar por su atractivo.

−¿Te importaría decirme qué piensas hacer con las deudas de mi hermano?

−Si nos casamos yo me encargaré de pagarlas. Si seguimos casados y aceptas mis condiciones...

−¿Quedar embarazada? −lo interrumpió ella.

−Aunque no quedases embarazada no podría sancionarte por ello −admitió él−. Mientras lo intentes, claro. Eso y el acuerdo de confidencialidad es lo único que espero de ti. Tengamos éxito o no, tu hermano no tendrá que preocuparse por esas deudas.

−¿De verdad vas a pagarlas?

−He llegado a un acuerdo con el acreedor para dejarlas en suspenso durante un tiempo −mintió Apollo−. Míralo como una forma de garantizar que cumples tu parte del trato.

−No es necesario que me presiones. Yo siempre mantengo mi palabra −replicó Pixie, ofendida.

−Mis tácticas suelen funcionar −dijo Apollo, sintiendo una inesperada punzada de remordimientos por no contarle la verdad, que ya había pagado la deuda en su totalidad. Después de todo, no iba a llegar a ningún acuerdo con un matón que llevaba un negocio de apuestas ilegales.

Pixie se tragó una respuesta desafiante. Lo que le ofrecía era mejor que nada. Patrick y María podrían seguir adelante y concentrarse en la llegada de su hijo, sin temor a recibir nuevas «visitas». Por otro lado, esa actitud le hacía temer que Apollo se echara atrás si no era capaz de complacerlo.

–Si estás dispuesto a casarte conmigo podrías ser un poco más confiado.

–¿Cómo puedes decir eso? Cuando entré en la habitación parecías pensar que iba a atacarte. Tú tampoco confías en mí.

–No es nada personal, es que no confío en los hombres en general –Pixie levantó la barbilla–. ¿Y por qué tengo que ir a un médico?

–Para una revisión general. No tendría sentido casarnos si no puedes tener hijos.

–Ah, ya veo. Entonces imagino que también tú te habrás hecho pruebas.

–No.

–No tiene sentido que yo me haga las pruebas si tú no te las haces.

Apollo no lo había pensado, pero tenía razón. Y, no sabía por qué, pero la idea de no ser capaz de concebir un hijo lo incomodaba.

–Nos veremos mañana. Por cierto, ponte el vestido que he dejado en el armario para ti.

Pixie abrió el armario y sacó un vestido azul, un bolso y unos zapatos plateados de un famoso diseñador.

–¿Por qué crees que puedes decirme lo que debo ponerme?

–Vas a casarte conmigo y quiero que tengas el mejor aspecto posible –respondió Apollo, deslizando la mirada por los esbeltos muslos.

Tal vez debería haberse acostado con Lauren, pensó, irritado, porque Pixie lo excitaba de una forma extraña. *Thee mou...* ¿qué le pasaba? No era una belleza, pero había algo increíblemente sexy en ella, algo que lo atraía de un modo que no podía entender. ¿Era su expresivo rostro, esos pechos pequeños, pero perfectamente formados? ¿El trasero apretado? ¿Esos muslos tan atractivos, sus diminutos pies?

¿Sentía pena por ella?, se preguntó. ¿Qué era lo que tanto lo atraía de Pixie?, se preguntó. Antes de cerrar la puerta vio la mirada furiosa que lanzaba sobre él y salió al pasillo riendo y sintiéndose sorprendentemente alegre por primera vez desde la muerte de su padre. No, no le daba pena. En realidad, le gustaba que fuese tan rebelde, aunque se veía obligado a contener esa rebeldía. Ni él ni su dinero la impresionaban. ¿Y cuándo había conocido a otra mujer así? En realidad, era la primera vez. Las mujeres a las que estaba acostumbrado habrían mirado la etiqueta del vestido para ver de qué diseñador era y, por lo tanto, cuál era su valor. Y le habrían dado las gracias efusivamente para asegurarse de que hubiera más regalos valiosos.

Pixie en cambio, no parecía nada impresionada. Apollo sonrió de nuevo.

Manfred la despertó a las siete de la mañana, abriendo las cortinas y colocando la bandeja del desayuno sobre la mesa antes de dejar un platito de comida en el patio para Hector.

—El señor Metraxis me ha dicho que debe estar lista a las nueve.

—Ah, gracias.

Pixie desayunó como una reina. La comida era deliciosa y ella siempre había tenido buen apetito. Alojarse en el palaciego ático de Apollo era mejor que hacerlo en un hotel, pensó. Después de ducharse se secó el pelo y puso especial cuidado con su maquillaje antes de vestirse. Una vez arreglada se dirigió al enorme salón y Apollo se quedó mirándola.

–Date la vuelta –dijo con voz ronca, haciendo un gesto con los dedos.

Apollo estaba cautivado. Tenía un aspecto increíblemente femenino con ese vestido azul, los zapatos de tacón destacando sus delicados tobillos. A pesar de su corta estatura, cualquier modelo pagaría por tener esa figura. Estaba tan guapa que le gustaría tomarla en brazos y ponerse a dar vueltas... y esa idea tan extraña lo dejó sorprendido.

–Me gusta el vestido –le dijo. Aunque era una sorpresa porque él mismo lo había elegido.

–Es bonito, pero yo no estoy acostumbrada a ponerme falda o tacones –se quejó ella–. No me obsesiona la moda precisamente.

Apollo la llevó a un ginecólogo privado que, después de hacerle varias preguntas, la examinó y le hizo un análisis de sangre. Los resultados estarían listos a la mañana siguiente, le dijo.

Cuando salía de la consulta vio a Apollo hablando por teléfono en la entrada.

–¿Tú no lo sabías? Bueno, no, yo tampoco había pensado que... no tiene ninguna gracia, Vito. Es asqueroso.

Apollo cortó la comunicación al verla y se dirigió a la puerta con la misma urgencia que mostraba Hector cada vez que lo llevaba al veterinario.

–¿Nos vamos?

Pixie intentaba disimular la risa. No parecía contento después de hacerse la prueba y pensó que se lo merecía después del examen que ella había soportado sin quejarse.

–¿Dónde vamos ahora?

–Al bufete de mis abogados. Y después iremos de compras.

–¿Para qué?

–Necesitamos un vestido de novia y todo lo demás. No te preocupes, te acompañará una estilista que ha recibido instrucciones. Tú solo tendrás que actuar como un maniquí.

–Pero si aún no tenemos los resultados...

–Piensa en positivo –Apollo se inclinó y el roce de su mejilla hizo que todas sus terminaciones nerviosas se pusieran en alerta–. Y te he visto sonreír cuando me oíste hablando con Vito –añadió con voz ronca–. No, no me ha hecho ninguna gracia que me dieran una revista porno para animarme, pero... he tenido una fantasía y era sobre ti.

Pixie giró la cabeza para mirarlo con cara de sorpresa.

–¿Sobre mí? –repitió, incrédula.

–Sí, *koukla mou*.

–Lo dirás de broma.

–¿Por qué? Si no me sintiera atraído por ti no podríamos hacer esto.

En eso tenía razón, pero pensar que Apollo Metraxis, un hombre tan increíblemente apuesto y deseable, pudiera considerarla atractiva le resultaba increíble.

De repente, tiró de ella para sentarla sobre sus rodillas y buscó sus labios con delicadeza. Y Pixie no sintió miedo, como solía ocurrirle. Claro que Apollo conocía bien a las mujeres y sabía cómo tratarlas.

Trazó la comisura de sus labios con la punta de la lengua y algo dentro de ella se derritió. Cuando mordisqueó su labio inferior experimentó un escalofrío de deseo casi doloroso. Ningún hombre la había hecho sentir así y le parecía tan seductor que no tenía miedo. Apollo abrió sus labios con la lengua para explorarla y una bola de calor erótico explotó en su pelvis. Sin darse cuenta, levantó una mano para acariciar su pelo y su bien formado cráneo. Estaba ardiendo por todas partes y llena de curiosidad, casi como si alguien le hubiera dicho que podía volar cuando durante toda su vida se había sentido torpe y pesada.

Sus labios eran suaves y sabía tan bien. Era como agua para una persona sedienta, como comida para un hambriento. Sus pechos se habían hinchado bajo el sujetador y sentía un calor líquido entre los muslos...

Era tan agradable que le gustaría apretarse contra el fuerte torso y derretirse sobre él. Apollo tomó su cara entre las manos y la besó con creciente pasión, pero la experiencia era más excitante que aterradora. Pixie echó la cabeza hacia atrás, temblando ante el erótico empuje de su lengua y ardiendo por lo que la esperaba... por eso fue una sorpresa cuando Apollo la tomó por la cintura para sentarla de nuevo en el asiento.

Desconcertada y embriagada de sensualidad, Pixie lo miró con gesto de sorpresa.

–¡Para ser una mujer tan pequeña eres muy aguerrida! –dijo Apollo con tono acusador. Porque había estado a punto de rasgar sus bragas y enterrarse en su cuerpo para satisfacer un deseo incontenible. Y no le gustaba. No le gustaba nada porque él no había perdido el control con una mujer desde que era un adolescente y recordar ese tiempo, cuando había sido un juguete para una mujer madura, hizo que sintiera un escalofrío de revulsión.

–Solo ha sido un beso –dijo Pixie con voz temblorosa. Aunque se sentía absurdamente decepcionada ante tan abrupta interrupción.

–Estaba dispuesto a hacerte el amor ahora mismo –murmuró Apollo con los dientes apretados. Estaba furioso porque durante unos momentos de salvaje excitación había olvidado quién era y por qué estaba con ella.

Y la cuestión era el acuerdo, se recordó a sí mismo. La cuestión era cumplir con las condiciones del testamento de su padre, que prácticamente lo condenaban al matrimonio y a la paternidad.

–¿Aquí, en el coche? –exclamó Pixie, atónita–. ¿Lo hubieras hecho?

Esos ojos verdes rodeados de largas pestañas negras le decían que sí lo hubiera hecho y que seguramente no habría sido la primera vez. Eso hizo que pusiera los pies en la tierra. Ella era virgen y él un mujeriego que, por supuesto, tendría grandes expectativas y menos límites que cualquier otra persona. Se preguntó entonces cuántas veces un primer beso habría llevado a un encuentro sexual y sintió un escalofrío de repulsión.

Pensando que había mostrado una debilidad que no deseaba revelar ante nadie, particularmente una mujer, Apollo se encogió de hombros.

–Sospecho que vivir conmigo va a resultarte sorprendente. Me gusta el sexo y me gusta a menudo. Considerando nuestra situación, es muy positivo que nos encendamos el uno al otro de este modo.

Pixie intentó apartarse de modo imperceptible.

«Me gusta el sexo y me gusta a menudo».

Era un anuncio aterrador para una mujer tan inexperta como ella. Su mayor secreto, que ni siquiera Holly conocía, era que nunca había deseado a un hombre. Siempre había sido recelosa e inhibida. Normalmente, en cuanto un hombre empezaba a tocarla quería que parase, pero, por alguna razón, no sentía ese miedo con Apollo y eso la preocupaba. Aunque era lo mejor porque tendrían que consumar el matrimonio para concebir un hijo.

Llegaron a un moderno edificio de oficinas, pero antes de bajar de la limusina Apollo se volvió hacia ella para decir:

–Tiene que parecer que estamos planeando un matrimonio de verdad –le advirtió–. No debes mencionar las deudas de tu hermano ni nada que tenga relación con ellas.

–Muy bien –murmuró Pixie, insegura.

–Solo tienes que firmar el acuerdo de separación de bienes y una cláusula de confidencialidad. Tu abogado te aconsejará lo que debes hacer.

–¿Mi abogado? Pero yo no puedo pagar...

–No te preocupes por eso. Para que el acuerdo sea legal debes tener un abogado –le explicó él–. Yo sé mucho sobre el tema porque todas las mujeres de mi padre firmaron uno de esos acuerdos, aunque la mitad de ellas intentaron anularlo durante las negociaciones del divorcio.

–Yo no tengo intención de anular nada –murmuró Pixie–. Siempre cumplo mi palabra.

–Entonces actúa como una novia de verdad, no alguien a quien he contratado –le aconsejó Apollo.

–¿Y cómo se porta una novia de verdad?

–No lo sé, nunca he tenido ninguna, solo compañeras de cama –admitió él, tomando su mano para salir de la limusina.

–¿Nunca? –repitió Pixie, incrédula.

–No, nunca. Pregúntate cómo se comportaría una novia de verdad y hazlo.

Una hora después, sentados frente a una larga mesa de juntas donde los dos equipos de abogados discutían, a menudo empleando términos que ella no entendía, Pixie hizo caso del consejo de Apollo y actuó como lo haría una novia de verdad, dejando a todos en silencio.

–¿Quieren decir que yo recibiré una penalización económica si soy infiel, pero Apollo se iría de rositas? Eso no es justo y no estoy dispuesta a aceptarlo.

Las mujeres de su padre nunca habían discutido esa cláusula, pensó Apollo, sorprendido. No solo había subestimado la inteligencia de Pixie sino sus valores. Y lo lamentaba por ella, pero no pensaba serle fiel. Sería discreto, por supuesto, pero no fiel porque solo una vez en su vida había sido fiel a una mujer y el recuerdo de su traición lo hacía sentir como un idiota.

–La fidelidad no es un concepto negociable –anunció Pixie con voz firme.

Todos los hombres de la mesa la estudiaron como si acabase de aterrizar allí con una espada justiciera.

–Si Apollo me es infiel, tendrá que sufrir por ello –siguió, satisfecha, preguntándose por qué Apollo no parecía contento al ver que se comportaba como lo habría hecho una verdadera novia.

Apollo la estudiaba con gesto de extrañeza. ¿Era una argucia para incrementar el acuerdo de divorcio? Tenía que tratarse de dinero, razonó. Pero cuando Pixie lo fulminó con sus ojos grises como rocas volcánicas se dio cuenta de que el asunto de la fidelidad era algo de lo que nunca habían hablado.

Apollo sugirió que los dejasen solos y cuando los abogados salieron de la sala de juntas la estudió en silencio durante unos segundos.

–No tenía intención de ser fiel –admitió.

–Entonces no hay acuerdo, lo siento. No estoy dispuesta a acostarme con un hombre que se acuesta con otras mujeres –anunció Pixie con tono disgustado.

–Olvidas que esto es un simple acuerdo conveniente para los dos. Aunque es un acuerdo extraordinario, debo reconocerlo.

–No puedes acostarte con otras mujeres mientras te acuestas conmigo –insistió Pixie–. Es inmoral y me niego a tomar parte en algo así.

Apollo nunca se había encontrado en una situación similar. Cuando estaba a punto de dar el primer paso hacia su objetivo de conseguir lo que era suyo, aquella mujer empezaba a poner barreras...

–Intentaré ser fiel –anunció con voz ronca.

Pero Pixie estaba decepcionada con él. Apollo no la quería y ella no lo quería a él, pero le parecía razonable esperar que al menos la tratase con respeto.

–Nadie creerá que es un matrimonio de verdad si sigues actuando como un mujeriego –le espetó.

Apollo la miró con un brillo de ir a en los ojos. ¿Y por qué? Solo había dicho la verdad. Por fin, firmaron el acuerdo, incluyendo un apéndice que decía que el novio intentaría ser fiel, y los abogados se despidieron.

Era un alivio para Apollo saber que se iría a Atenas esa noche. Vito le había advertido que Pixie podía ser cabezota y difícil, pero había olvidado esos defectos en su prisa por casarse y solucionar el asunto de la herencia.

¿Cómo podía ser tan ingenua y poco razonable como para exigirle fidelidad cuando sabía que era un mujeriego?, se preguntó. Pero había prometido intentarlo y lo haría porque era un hombre de palabra. Y, en cierto modo, debía reconocer que esa exigencia hacía que la respetase más. Pixie tenía valores y nada de lo que él pudiera ofrecerle haría que les diese la espalda.

Capítulo 5

PIXIE SE dio una vueltecita frente al espejo de cuerpo entero y sonrió porque no se reconocía a sí misma. Después de la sesión de maquillaje y un día entero en el salón de belleza que le había recomendado Holly, jamás en su vida se había sentido tan sofisticada.

–Pensé que elegirías un vestido blanco –comentó su amiga.

–Casarme de blanco con Apollo me parecía una blasfemia –respondió Pixie, arrugando la nariz–. Eso lo reservo por si algún día me caso de verdad.

–Sigo sin creer que vayas a casarte con él. Me quedé atónita cuando Vito me lo contó.

Pixie se sentó a los pies de la cama y estudió sus manos unidas.

–Aún hay cosas que no sabes sobre el acuerdo al que he llegado con Apollo –admitió, incómoda. Temía hablarle de la condición de tener un hijo porque no quería que Holly supiera que estaba tan desesperada como para aceptar algo así.

Sin embargo, mientras temía que los demás la juzgasen, Pixie había hecho las paces con esa condición. Siempre había querido ser madre algún día y tal vez aquella sería su única oportunidad.

Después de todo, no salía con nadie y los pocos hombres con los que se había arriesgado a salir habían sido una decepción total. Había temido que seguiría sola durante el resto de su vida, de modo que su acuerdo con Apollo Metraxis podría tener ventajas en las que no había pensado.

Al día siguiente, Apollo la llamó desde Atenas para decirle que tenía el resultado de las pruebas: los dos estaban sanos y no tenían ningún problema para concebir un hijo. Seguía mostrándose más bien frío y seco con ella, pero no lamentaba haber dejado claro su punto de vista. La fidelidad no era negociable. Y no era mucho pedir, pensó con cierta amargura. ¿No era una simple cuestión de respeto y decencia? Apollo no podía escapar de todas las obligaciones diciendo que era un simple acuerdo. ¿Lo haría? Lo había prometido, pero tal vez su palabra no valía nada.

–Bueno, por fin me has contado el problema de Patrick. No puede haber nada peor que el lío en el que está metido, así que entiendo por qué vas a hacer esto –dijo Holly, apretando su mano–. Pero deberías haberme pedido ayuda a mí. Eres mi mejor amiga.

–Patrick es mi problema, no el tuyo –se apresuró a decir Pixie porque el deseo de su amiga de darle dinero la abochornaba–. Y de este modo no le deberé nada a nadie. Apollo me necesita tanto como yo a él y prefiero que sea así.

–Es una pena que sea tan... –Holly no terminó la frase, pensando que Pixie iba a casarse con él y debería ser discreta.

–Se porta muy bien con Hector –murmuró ella–. Aunque sea millonario, creo que Apollo tampoco tuvo una infancia fácil. Cinco madrastras... no sé cómo sería eso para un niño.

–Es fuerte, un superviviente como nosotras. ¿Pero cómo vas a soportar que salga con otras mujeres?

Pixie clavó las uñas en la tela del vestido.

–Yo...

–No te enamores de él, cariño –le advirtió su amiga–. Apollo deja a las mujeres en cuanto se cansa de ellas o en cuanto se ponen pesadas. No tiene interés en las relaciones.

–No creas que estoy en peligro de cometer ese error –respondió Pixie, con un tono más relajado.

Deseaba a Apollo, no podía negarlo, pero nada más. Y, como él mismo había señalado, en su situación eso era positivo. La verdad era que podía hacer que un simple beso fuera irresistible y, por primera vez en su vida, Pixie no tenía miedo ante la posibilidad de acostarse con un hombre.

Hasta que abrió su bocaza en la limusina, Apollo había hecho que el sexo le pareciese algo cálido e íntimo más que sórdido, potencialmente doloroso y aterrador. Y también increíblemente excitante.

Tanto que soñaba con ello a diario. Unos sueños llenos de humillantes imágenes pornográficas que la despertaban sudando y sin aliento.

Manfred apareció entonces para decirles que la limusina había llegado. Su madre de acogida, Sylvia Ware, las esperaba en el hotel donde tendría lugar la ceremonia civil. Holly, Vito y Sylvia, además de Patrick y María, serían los únicos invitados a la discretísima boda, apropiada para un hombre que detestaba la publicidad y que, además, había perdido a su padre recientemente.

Al principio, Apollo se negaba a aceptar la presencia de Patrick, pero tuvo que ceder cuando le recordó que sería la última vez que lo viese antes de irse del país. Pero habían acordado que no le contaría la verdad sobre su matrimonio.

Antes de entrar en la sala donde tendría lugar la ceremonia, Pixie se detuvo frente a un espejo para arreglarse el pelo y respirar hondo. El paso que estaba a punto de dar la asustaba. Vivir con Apollo Metraxis era aterrador porque ella solo se sentía a salvo con lo que le resultaba familiar. Tristemente, Apollo no entraba en esa categoría. Pero, armándose de valor, Pixie irguió los hombros y se miró al espejo por última vez con un brillo decidido en los ojos. Tendría que disimular sus sentimientos. Mostrar nerviosismo o inseguridad con Apollo sería como sangrar en el agua cerca de un tiburón.

Apollo estaba impaciente cuando por fin se abrió la puerta de la sala. Llegaba cinco minutos tarde y durante esos cinco largos minutos no dejaba de preguntarse si se habría echado atrás. Pero no, era imposible, pensó con su habitual cinismo. Pixie iba a ser muy bien recompensada por casarse con él ¿y cuándo había conocido a una mujer que le diese la espalda a la oportunidad de enriquecerse? En su experiencia, el dinero era lo único importante.

Pero entonces vio a Pixie y se olvidó de todo lo demás. Llevaba un vestido de color rosa por las rodillas, no el típico vestido blanco de novia, y parecía una muñeca de porcelana con sus diminutos zapatitos de tacón. Apollo dejó de respirar, sus ojos verdes clavados en las delicadas facciones femeninas.

A pesar de su corta estatura tenía un aspecto increíblemente aristocrático, con el pelo rubio sujeto en un moño alto, los ojos plateados brillantes, los labios carnosos y rosas como el vestido. Y en un minuto sería su mujer, pensó con una satisfacción que era nueva para él. Sería suya como ninguna otra mujer lo había sido ni lo sería en el futuro porque no habría más matrimonios para él. Los errores de su padre le habían enseñado que no había ninguna esposa perfecta cuando eras un Metraxis, rico como el pecado, pero no podía apartar los ojos de aquella maravillosa visión.

Pixie se encontró con los ojos de color esmeralda bajo las largas pestañas, más largas que las suyas. Poderoso, arrebatador, hambriento. No podía creer que ella pudiese ejercer tal efecto en él, el notorio mujeriego acostumbrado a mujeres mucho más guapas que ella. Había intentado no comparar su aspecto con el de sus muchas novias porque eso solo serviría para aumentar su ansiedad cuando estuvieran en la cama...

Pixie sintió que le ardía la cara. No había querido pensar en el lógico resultado de ese matrimonio: la noche de bodas. ¿Sería una noche memorable o su inexperiencia y la frialdad de Apollo la convertirían en un desastre?

Cuando llegó a su lado notó que estaba temblando. En unos segundos se había convertido en un manojo de nervios, a pesar de la charla que se había dado a sí misma. El funcionario dio comienzo al breve servicio y cuando Apollo puso la alianza en su dedo, su mano era tan cálida y firme como la suya fría y temblorosa.

«Anímate, es solo un acuerdo», se recordó a sí misma cuando el funcionario los declaró marido y mujer. Todo había terminado, pensó. Ya estaba hecho y creyó que podría relajarse de nuevo. Al menos lo creyó hasta que Apollo la tomó en brazos para aplastarla contra su pecho y darle un beso que solo podía ser descrito como el de un cavernícola.

Aplastó su boca con fuerza, como si quisiera poseerla allí mismo. No hubo advertencia, ni un gesto. Era una exhibición pública de propiedad que dejó a Pixie sorprendida. Había visto la naturaleza cambiante de Apollo cuando la besó en la limusina, pero aquel beso era completamente diferente. Entonces le había preguntado. Pero en ese momento la besaba sin pedir permiso, desdeñando preliminares, apretándola contra su torso y robándole el aliento. Y su corazón se había vuelto loco porque ese beso le había robado cualquier ilusión de poder controlarlo.

Era algo salvaje, emocionante, pero también aterrador. Durante un segundo, cuando Apollo la dejó en el suelo y sus piernas no parecían capaces de sostenerla, le habría gustado agarrarse a sus anchos hombros, pero se apartó... y entonces notó que ni siquiera la chaqueta del traje podía disimular lo excitado que estaba.

Suya en cuerpo y alma, quisiera ella o no, pensó Apollo, enarcando una ceja ante la mirada interrogante de Vito y la aparente incredulidad de Holly. Pixie era su mujer y lo que hubiera entre ellos era cosa suya y de nadie más, decidió.

Pixie intentó sonreír, pero notaba que le ardía la cara. Holly y Vito parecían sorprendidos por el entusiasmo de Apollo. De hecho, los únicos que no parecían sorprendidos eran Patrick, María y Sylvia. Ninguno de ellos parecía ver nada extraño en el apasionado beso de una pareja de recién casados. Pixie se apartó para saludarlos y notó que su hermano parecía extrañamente serio.

–¿Qué ocurre? –susurró mientras le daba un beso en la mejilla.

–Nada, nada. Estoy bien.

Holly tiró de ella para llevarla aparte.

–¿Por qué no me lo habías contado?

–Es mejor que no lo sepas –respondió Pixie–. ¿Sabes qué le pasa a mi hermano?

–Vito me ha dicho que Apollo le ha echado una bronca –le contó su amiga–. Creo que lo ha asustado para siempre y no volverá a apostar.

Pixie, que siempre había protegido a su hermano pequeño, se puso furiosa. Le había dolido tanto tener que separarse de él cuando eran niños, verlo solo en alguna visita ocasional, preguntándose siempre si estaría bien atendido...

¿Qué sabía Apollo de la vida de Patrick y de lo que había sufrido? ¿O de lo orgullosa que estaba ella porque su hermano tenía un trabajo cuando tantos otros niños en su misma situación de desarraigo familiar habían terminado muertos o en la cárcel? Sí, Patrick tenía problemas y serios, pero eso había ocurrido dos años antes y desde entonces estaba pagando por ello.

Apollo puso una copa de vino en su mano.

–Dentro de poco esta tontería terminará por fin –le dijo, claramente aliviado.

–¿Qué derecho tienes a reprocharle a mi hermano su adicción al juego? –le espetó Pixie.

Él la miró con cara de sorpresa.

–Ha estado a punto de que lo mataran. Y que te mataran a ti, la noche que caíste rodando escaleras abajo. Era hora de que alguien le dejase las cosas claras.

–Eso no es asunto tuyo –replicó Pixie.

Apollo la miró de arriba abajo.

–Mientras seas mi mujer, todo lo tuyo también es asunto mío.

–¡No lo es!

–Es tarde para quejarse, *koukla mou*. Esa alianza en tu dedo dice que tengo razón –anunció Apollo antes de darse la vuelta para charlar con Vito.

–Vaya, vaya –dijo Holly–. Ya os estáis peleando.

Pixie estaba tan enfadada que apenas podía articular palabra.

–Aparentemente, él ve una alianza en el dedo de una mujer como un collar de esclava.

Holly rio.

–Ya le gustaría.

Pixie le preguntó por su hijo, Angelo, al que habían dejado en Italia con su niñera porque solo iban a estar un día en Londres y, unos minutos después, empezó el banquete. No dejaba de mirar a su hermano, que parecía más animado, aunque notó que no se dirigía a Apollo en ningún momento. De hecho, ni siquiera lo miraba.

Sylvia insistió en contar historias de cuando Holly y ella eran adolescentes que hicieron reír a todos y Vito les deseó lo mejor mientras brindaba por su felicidad. Por supuesto, a él no se le ocurrió criticarla, como había hecho Apollo con Holly el día de su boda.

–Ten cuidado con él –le advirtió Holly en voz baja mientras tomaban café–. Vito dice que tiene un carácter muy cambiante.

–Eso ya lo sé –murmuró Pixie–. Y también que es dictador, manipulador y sexista. Podría seguir con los adjetivos y ni uno solo sería amable, pero es que ahora mismo estoy furiosa.

–Cuando te ha visto con ese vestido rosa te miraba como si hubieras salido desnuda de un pastel. Ha sido muy gracioso.

Evidentemente, Apollo odiaba el vestido y a ella le daba igual. La estilista con la que había ido de com-

pras no le había dejado elegir lo que le gustaba porque, según ella, debía seguir las recomendaciones de
Apollo. Y, según las recomendaciones de Apollo, debía vestir como una mujer de mediana edad. Parecía
querer que se pusiera faldas largas y jerséis de cuello
alto. Bueno, pues podía irse a la porra.

¿Por qué se creía con derecho a elegir la ropa que
debía ponerse? ¿No tenía ya suficiente control sobre
su vida? Ella era su propia persona y casarse con
Apollo Metraxis no iba a cambiarla en absoluto.

Capítulo 6

MIENTRAS PIXIE intentaba prepararse mentalmente para bajar del helicóptero, Apollo la sorprendió tomándola en brazos.

–¡Puedo andar! –gritó ella, sintiéndose como una tonta al ver las miradas de la tripulación del yate.

–Si te dejo en el suelo tendrás que quitarte los zapatos y caminar descalza. No se puede caminar con tacones por la cubierta de un barco.

–Si me quito los zapatos no te llego ni al hombro.

Apollo soltó una carcajada.

–Esas son las reglas. Culpa a tus padres por tus genes, no a mí.

Pixie tomó aire para controlar su enfado.

–Déjame en el suelo ahora mismo.

Sujetándola con un solo brazo, como para dejar claro lo fuerte que era, le quitó los zapatos con la otra mano y, con cuidado, la dejó sobre la pulida cubierta. Pixie, que había encogido alarmantemente de estatura, se volvió para fulminarlo con la mirada.

–Eres un dictador.

–Algunas cosas no son negociables –replicó él, pasando a su lado para saludar en griego al capitán del yate.

Pixie, con el ramo de novia bajo el brazo, consiguió sonreír amablemente mientras Apollo traducía los buenos deseos del capitán. Aquello era una pesadilla. ¿De qué otro modo podía verlo cuando Apollo hacía lo que quería sin pensar en ella? Seguía furiosa con él por haberle reprochado a Patrick su comportamiento porque no era asunto suyo. Y ese resentimiento, seguido de un largo viaje en helicóptero, hacía que se sintiera enferma mientras abordaban el yate. *Circe*, un barco que contaba con todos los lujos, no la había animado mucho. La alianza en su dedo le parecía el collar de esclava sobre el que había bromeado con Holly.

«Ven aquí, siéntate allí, haz esto». La trataba como si fuera un títere. Quería controlarla con mano de hierro desde que los declararon marido y mujer. Había subestimado lo dominante que podía ser y las quejas no servían de nada porque Apollo no le hacía caso.

—Tenemos que aclarar lo de tu hermano –dijo Apollo mientras abría la puerta de un camarote que parecía un despacho.

—Solo voy a decirlo una vez más: mi hermano no es asunto tuyo –le espetó Pixie.

Sin decir nada, él sacó una carpeta de un cajón y la dejó sobre el escritorio.

—Patrick sigue jugando. Apuesta poco dinero, pero tiene un problema y hay que resolverlo.

—¡Eso es mentira! –exclamó Pixie.

—Mira, una cosa es ser leal a tu hermano y otra estar ciega. Demuéstrame que entiendes la diferencia leyendo este informe.

Con el rostro ardiendo de rabia, Pixie tomó la carpeta y se dejó caer sobre una silla.

Apollo la estudió con gesto exasperado. ¿Por qué no podía entender que era su obligación como marido protegerla? Eso era lo que estaba intentando hacer, además de solucionar un problema que podría empeorar con el tiempo. No tenía nada personal contra su hermano, pero era evidente que Patrick era débil y necesitaba mano firme. El problema debía ser resuelto antes de que adquiriese más deudas porque Apollo se negaba a seguir pagando.

Pixie dejó caer los hombros mientras leía el informe del investigador. Según el informe, Patrick a menudo iba a jugar a las cartas por las tardes, cuando salía de trabajar. Su hermano le había mentido y eso le dolía en el alma. Había jurado no volver a jugar, había jurado que no era un adicto, pero la prueba que tenía delante decía todo lo contrario y eso era como una bofetada. Y le dolía aún más descubrirlo gracias a Apollo, que tenía la sensibilidad de un martillo pilón.

–He hecho que lo investigasen por precaución. No quiero que los problemas de Patrick provoquen desacuerdos entre nosotros. He hablado con él en privado y ha aceptado acudir a un sicólogo para que haga una valoración. Tendrá que seguir sus consejos o sus deudas seguirán aumentando y...

Pixie se levantó de la silla, consternada.

–Pero prometiste pagar sus deudas.

–Te dije que había conseguido aplazar el pago. Tu hermano necesita una buena razón para reformarse y su hijo es una forma de presionarle para que cambie.

–Pero amenazarlo de ese modo es muy cruel –dijo Pixie, con los ojos llenos de lágrimas.

–Necesita ayuda profesional. Tú eres su hermana, no su madre –insistió él–. No voy a cambiar de opinión, así que no te canses intentándolo.

Pixie ya sabía que no valdría de nada discutir. Apollo era como una apisonadora cuando quería algo y era simple mala suerte si alguien se ponía en su camino.

Desgraciadamente, lo que había dicho sobre ser la hermana de Patrick y no su madre seguía dando vueltas en su cabeza, despertando recuerdos que debería haber enterrado mucho tiempo atrás. Su madre quería a Patrick como nunca la había querido a ella y siempre le pedía que cuidase de su hermano. De niño, Patrick recibía elogios, cariño y sonrisas de su madre mientras se las negaba a ella y Pixie siempre se había preguntado qué tenía de malo para que no la quisiera. Cuando maduró, empezó a sospechar que su madre era una de esas mujeres que prefería a un niño antes que a una niña porque veía algo mágico en el lazo entre madre e hijo del que celosamente excluía a todos los demás.

Alguien estaba arañando la puerta y cuando Apollo abrió, una cosita peluda se lanzó a las piernas de Pixie. Con los ojos húmedos, ella se inclinó para tomar a Hector en brazos. El pobre animal estaba loco de felicidad después de una ausencia de veinticuatro horas y Pixie dejó que lamiese su cara mientras intentaba calmarlo.

—Tienes que cambiarte para la cena –dijo Apollo, contento al haber conseguido hacerla sonreír. Claro que él dejaba pocas cosas al azar. Había planeado aquella reunión en cuanto descubrió que Patrick Robinson seguía jugando porque sabía que tendría que enfrentar a su flamante esposa con la realidad de la situación.

Si uno sabía cómo manejar a las mujeres se podían evitar muchos conflictos. Apollo llevaba toda su vida manejándolas porque su comodidad dependía de las relaciones que establecía con sus madrastras y evitaba los dramas con sus amantes del mismo modo. Una joya cara o un nuevo vestido hacían maravillas con una mujer enfadada o resentida. Pixie, sin embargo, parecía indiferente a los regalos. Claro que aún no había tenido oportunidad de ponerla a prueba y podría estar fingiendo desinterés para impresionarlo.

Apollo estudió los suaves ojos grises mientras acariciaba al perrillo al que tanto quería. Le gustaba que quisiera a los animales. Era la primera vez en mucho tiempo que algo le gustaba de una mujer y eso lo sorprendía.

—Me has hecho creer que Hector y yo estaríamos separados durante varias semanas —lo regañó ella—. ¿Por qué? ¿La zanahoria y el palo para mí también?

Apollo se encogió de hombros.

—No me gustan las discusiones y sabía que te disgustarías cuando te contase lo de tu hermano. Hector es tu recompensa por aceptar que lo que hago está bien.

Pixie irguió los hombros.

—Deja de intentar manipularme e intenta ser sincero por una vez en tu vida.

Incluso descalza y diminuta conseguía ser impresionante mientras salía del despacho, pensó él.

Un oficial le mostró el gimnasio, el centro médico, la sauna y la sala de cine. *Circe* era un yate enorme con cuatro cubiertas y parecía tener todo lo que Apollo pudiera necesitar para vivir allí de forma permanente. Por supuesto, no se había molestado en enseñárselo y Pixie se regañó a sí misma por imaginar que querría hacerlo.

El enorme camarote, con una cubierta privada, una cama grande y un cuarto de baño, la intimidó, pero no tanto como la auxiliar que la saludó como «señora Metraxis» y le pregunto qué quería ponerse. Pixie echó un vistazo en el armario y eligió un mono negro de seda sin mangas.

Cambiarse para cenar, qué cosa tan ridícula. Pero, por supuesto, Apollo daba por sentado que cumpliría con esa extraña tradición, pensó mientras intentaba no mirar la enorme cama.

Era un manojo de nervios, pero un par de copas la animarían, decidió. No era el momento de perder la calma. Apollo no iba a hacerle daño. Además, seguramente se mostraría frío porque ella solo sería un medio para llegar a un fin y no tenía tan poco tacto como para arrancarle el sujetador y preguntar luego con tono decepcionado «dónde estaban sus pechos», como le había pasado una vez.

Esa experiencia, y otra en la que su acompañante había dicho que su falta de curvas lo dejaba frío, había sido suficiente para matar el deseo de desnudarse delante de un hombre. De hecho, siempre había envidiado la seguridad de Holly, que se había acostado con Vito el día que lo conoció, porque sabía que en esas circunstancias ella hubiera salido corriendo.

Pero no podía hacerlo porque llevaba una alianza en el dedo y era su noche de bodas. Además, Apollo querría dejarla embarazada lo antes posible. Pixie intentó sonreír frente al espejo mientras se atusaba el pelo, intentando no apurarse al ver que el bajo del pantalón era demasiado largo. Tomando aire, salió del camarote y se dirigió al salón.

Y allí estaba Apollo esperándola, resplandeciente con una chaqueta blanca y un pantalón negro que destacaba sus poderosos muslos. Tan guapo y tan sexy como una estrella de cine, pero tan complejo como una ecuación para alguien que no sabía nada de álgebra.

Pixie parecía una niña con ese mono, pensó él, divertido. ¿Por qué no se había puesto un vestido corto y ajustado? Parecía nerviosa y se preguntó por qué. Ninguna de sus conquistas se había puesto nerviosa cuando estaba a punto de compartir su cama. De hecho, más bien se mostraban entusiasmadas e impacientes porque tenía fama de no dejar nunca insatisfecha a una mujer.

No llevaba sujetador y el marcado contorno de sus pequeños pechos lo excitó de tal modo que tuvo que cambiar de postura mientras servía el vino.

–¿Cuánto tiempo estaremos en el yate? –le preguntó Pixie.

Apollo se encogió de hombros.

–El tiempo que sea, hasta que nos aburramos. Desde *Circe* puedo trabajar esté donde esté y luego iremos a Nexos.

–¿Nexos?

–La isla griega que mi abuelo compró para la familia –le explicó él–. Entonces la familia Metraxis era mucho más amplia, claro. Mi abuelo tuvo seis hijos, así que tengo montones de primos.

–¿Tu padre no quería tener más hijos?

–No pudo tenerlos porque descubrió, demasiado tarde, que el tratamiento para el cáncer que había recibido a los treinta años lo había dejado estéril. Si se hubiera hecho antes una prueba, sus mujeres no habrían tenido que perder el tiempo con tratamientos de fertilidad. Por eso te pedí que te la hicieras. Y tenías razón al pedirme que me la hiciera yo también –admitió Apollo.

Pixie terminó su copa de vino y el silencioso camarero volvió a llenarla. La ponía nerviosa charlar con Apollo mientras había empleados alrededor, pero él actuaba como si estuvieran solos. Cuando por fin el hombre salió del salón para buscar el postre, Apollo la miró con el ceño fruncido.

—Es tu cuarta copa de vino.

—¿Estás contándolas?

—¿Deberías beber con el proyecto que tenemos entre manos?

—No había pensado en eso –admitió Pixie–. No lo sé.

—Tenemos un médico a bordo, se lo preguntaré. Aparte de eso, no voy a acostarme contigo si estás borracha. Eso es algo que no haría nunca, estemos casados o no –anunció Apollo con toda seriedad.

Pixie se puso colorada.

—Es que estoy un poco nerviosa.

—¿Por qué?

Pixie supo que era el momento de contarle la verdad. Le había pedido que fuera sincero y, sin embargo, ella estaba ocultando algo básico sobre sí misma. ¿Pero cómo iba a contarle a un legendario mujeriego que era virgen? Pensaría que era una persona rara o que ningún hombre había querido acostarse con ella. Sería humillante. Pero lo peor de todo era que Apollo descubriría sus más profundas inseguridades y eso era algo que no podría soportar. Era despiadado y usaría sus miedos y sus debilidades contra ella.

—¿Sigues teniendo hambre?

—No –respondió Pixie.

Apollo se levantó de la silla para tomarla en brazos, dejándola sin aliento.

—Hora de empezar con nuestro proyecto, *koukla mou* –bromeó.

—Puedes dejarme en el suelo, sé andar sola.

—No quiero que tropieces y te rompas una pierna.

—Por supuesto, eso interrumpiría el proyecto –se burló Pixie.

–No soy tan despiadado –replicó Apollo, riendo–. En este momento solo puedo pensar que eres mi mujer y te deseo.

Pixie se asustó.

–No tengo mucha experiencia –consiguió decir.

–¿Cuántos hombres? –le preguntó él.

–Unos cuantos –mintió, poniéndose colorada–. Soy más bien exigente.

Apollo se alegró al saber eso porque, naturalmente, no quería que se hubiese acostado con muchos hombres. Sabía que era un pensamiento sexista, pero era lo que sentía, aunque lo tomó por sorpresa.

Estaba empezando a molestarle que Pixie inspirase en él reacciones tan extrañas. Se habían casado, pero no era su mujer de verdad y solo estaba con él porque había salvado a Patrick de los matones con los que se había enredado. Ese era un buen recordatorio, pero de repente tampoco él quería pensar en ello. Le gustaba mucho más cuando miraba los luminosos ojos grises de Pixie y veía en ellos el mismo deseo que él experimentaba.

Cuando la dejó sobre la enorme cama Pixie admiró el fuerte ángulo de su mandíbula, los definidos pómulos y la nariz clásica. Por no hablar de las largas y aterciopeladas pestañas negras que guardaban los preciosos ojos de color esmeralda. Mirar a Apollo tenía un extraño efecto embriagador en ella y sus labios empezaron a temblar, como recordando el beso que habían compartido antes.

Él dio un paso atrás para quitarse la chaqueta y la camisa, y el corazón de Pixie empezó a latir a toda velocidad al ver los abdominales marcados y los bien definidos músculos de su torso. Era guapísimo, irresistible. No parecía tener inhibición alguna mientras se desnudaba y

Pixie tuvo que tragar saliva cuando se quitó el pantalón y descubrió que los calzoncillos revelaban más de lo que podían esconder. Estaba evidentemente excitado y eso, inexperta como era, la sorprendió.

Claro que Apollo tenía una gran libido, se recordó a sí misma. Posiblemente le apetecía hacer el amor y ella era la única mujer disponible. Sí, eso tenía más sentido. Solo sería otra marca en un cabecero lleno de ellas.

Nerviosa, intentó quitarse el mono, pero él la detuvo, levantándola de una forma irritantemente autoritaria para darle la vuelta y deslizar la prenda por sus hombros con la experiencia de un hombre que había desnudado a muchas mujeres en la oscuridad.

Pixie temblaba. Ni siquiera había podido emborracharse un poco. Estaba convencida de que el alcohol la ayudaría a controlar los nervios, pero Apollo había evitado que siguiera bebiendo.

Él estaba desconcertado y cautivado por su repentino silencio y su actitud sumisa porque no era lo que había esperado de Pixie.

–No soy extravagante en la cama, si eso es lo que te preocupa –le dijo, burlón.

Ella tragó saliva.

–No estaba preocupada –le aseguró.

–¿Entonces por qué no puedes relajarte y confiar en mí?

Mortificada, Pixie cerró los ojos.

–Prefiero las luces apagadas...

–No es lo que a mí me gusta, pero si eso es lo que hace falta, *koukla mou*... –Apollo pulsó un botón y la habitación quedó casi a oscuras, iluminada solo por la suave luz de la cubierta.

La perversa boca masculina descendió sobre su

cuello y Pixie empezó a temblar cuando acarició sus pechos desnudos.

–Son muy pequeños –señaló, sin saber por qué llamaba la atención sobre algo tan obvio.

–Me gustan –dijo él, mordisqueando el lóbulo de su oreja y enviando otro escalofrío de deseo por todo su cuerpo.

–A los hombres siempre les gusta que haya más, no menos.

Apollo empujó la pelvis contra su muslo.

–¿Te parece que no tengo interés?

Pixie se quedó callada porque estaba avergonzada de los locos comentarios que salían de su boca. Él la apoyó sobre las almohadas y empezó a besar sus pechos, provocando poderosas sensaciones en su pelvis. Sus caderas se levantaron como por decisión propia. Estaba ardiendo, húmeda entre las piernas, y eso la sorprendía tanto como el repentino deseo de explorarlo como lo hacía él. Por supuesto, no tuvo valor para hacerlo. Se quedó inmóvil como una estatua, contentándose con no sufrir un ataque de pánico.

Apollo estaba usando todo su repertorio de juegos previos para excitarla. Nunca había tenido que hacerlo porque las mujeres se le tiraban encima, empujándolo hacia el acto final como si temieran que perdiese interés si tardaban demasiado en llegar allí.

Besó sus delgados brazos, sonriendo. Era tan frágil que debería tener cuidado para no aplastarla. Luego acarició un pie diminuto, disfrutando extrañamente ante la novedad de una mujer tan aparentemente frágil. Era pequeña, pero todo en ella era perfectamente proporcionado. Mientras tiraba de sus bragas con una mano, levantó la otra para acariciar su pelo dorado y buscar sus labios de nuevo.

Pixie dejó escapar un gemido cuando separó sus labios con la lengua y luego, cuando empezó a explorarla, fue como si le explotase la cabeza. Cuando Apollo la besaba así, literalmente veía estrellitas. Con cada caricia, con cada roce de su lengua, su temperatura aumentaba y, por fin, levantó las manos para enredarlas en su pelo.

Apollo sonrió. Había tanto que deseaba hacer que no sabía por dónde empezar, pero quería que fuese una noche inolvidable para ella. Por qué tenía que ser así no lo entendía y no le importaba, pero siempre había respondido bien ante los retos y, en cierto modo, Pixie era un reto para él. Indiferente, fría. Por primera vez en su vida quería que una mujer se pegara a él y no entendía por qué.

Sin decir nada, separó sus piernas y empezó a besar su estómago, sus muslos, deslizándose cada vez más. Pixie se quedó helada como si hubiera encendido la luz de repente. ¿Quería hacer *eso*?

–No sé si quiero... –empezó a decir.

–Te sorprenderás –susurró Apollo, dispuesto a embarcarse en la aventura. La oyó gemir mientras lamía sus húmedos pliegues y, satisfecho, decidió volverla loca. Lo haría mejor que nunca o moriría en el intento. Su falta de interés se convertiría en un deseo abrumador, su frialdad en pasión desatada.

Apollo la acariciaba con delicadeza, como si estuviera disfrutando, aunque Pixie no podía imaginar que de verdad quisiera hacer lo que estaba haciendo. Cuando deslizó un dedo entre sus húmedos pliegues estuvo a punto de estallar, pero eso no era nada comparado con la intensa sensación de su boca sobre el diminuto capullo de nervios escondido entre los rizos. De repente, perdió el control y su cuerpo parecía tener voluntad propia.

Los latidos de su corazón eran salvajes y respiraba con tanta fuerza que podía oír sus jadeos mientras la tensión en su pelvis crecía hasta un punto sin retorno. Sentía que buscaba algo, que quería llegar a algún sitio, aunque no sabía dónde. Y entonces, de repente, una oleada de placer la envolvió y sintió que volaba, que flotaba y gemía al mismo tiempo.

–Cuando termines la próxima vez quiero que digas mi nombre –susurró Apollo mientras ella seguía temblando con la inmensidad de esa experiencia.

–Nunca había sentido nada así –musitó Pixie.

–Siempre será así conmigo –le aseguró Apollo, satisfecho, mientras se enterraba en ella con un ronco gemido de deseo masculino.

El agudo dolor la sorprendió y, sin querer, dejó escapar un grito.

Apollo se incorporó apoyándose en los brazos, mirándola con gesto de incredulidad.

–No puede ser.

Pixie se sentó en la cama haciendo una mueca de dolor. Había pensado que eso de que el primer encuentro sexual dolía era un cuento de viejas y no estaba preparada para enfrentarse con la realidad.

–Verás...

–¿Virgen? –murmuró Apollo, con el mismo tono de desdén con el que podría haber mencionado una rata en su elegante yate.

La mortificación de Pixie dejó paso a la ira.

–¿Por qué has tenido que parar? ¿No podías haber seguido?

Apollo saltó de la cama con el aire de un hombre deseando escapar de un desastre. Una vocecita le advertía que debía calmarse, pero estaba furioso con Pixie por estropear algo que estaba siendo tan especial. ¿Especial? ¿De dónde había salido eso? ¿Y por qué? No lo sabía, pero aquella situación inesperada lo ponía furioso.

—Tal vez debería haberte advertido —admitió Pixie al ver que Apollo parecía realmente molesto.

—Nada de tal vez —replicó él—. Te he hecho daño y... ¿cómo crees que eso me hace sentir? Te he dado muchas oportunidades para contármelo y no lo has hecho.

—Pensé que te reirías de mí.

Apollo frunció el ceño.

—¿Te parece que estoy riéndome?

Pixie tragó saliva. Se sentía diminuta mientras lo veía entrar en el baño, con su metro ochenta y cinco de piel dorada y masculina.

¿Por qué estaba tan enfadado? Apollo estaba acostumbrado a mujeres expertas y seguramente se sintió incómodo cuando ella gritó de dolor. En fin, ¿podría haberlo hecho peor? Era lógico que estuviese molesto.

Nerviosa, saltó de la cama y se puso la primera prenda que encontró, la camisa de Apollo. Respiró su aroma casi de forma inconsciente y suspiró pensando que había hecho una montaña de un grano de arena y que el desastre podría haberse evitado si hubiera sido sincera desde el principio. Pero ser sincera sobre un tema tan privado era algo que no se había atrevido a hacer nunca, ni siquiera con Holly.

Cuando entró en el baño Apollo la fulminó con la mirada desde la ducha, desnudo y despreocupado, el agua cayendo sobre sus anchos hombros.

—Lo siento —se disculpó, a regañadientes—. Debería haberte advertido.

—Pero en lugar de advertirme, me has mentido —le

recordó él, que aún no entendía por qué estaba tan enfadado. Que Pixie fuera virgen era algo inesperado, pero no era una ofensa. Que le hubiera mentido lo molestaba porque, irónicamente, era la primera mujer a la que creía sincera de verdad.

–He dicho que lo siento, no puedo hacer mucho más. ¿Qué quieres, sangre?

–Ya he tenido esa experiencia contigo –replicó Apollo.

Y esa broma fue la gota que colmó el vaso. Pixie se clavó las uñas en las palmas de las manos, lanzando sobre él una mirada de odio.

–Me estás recordando por qué no me gustan los hombres y por qué no te había advertido –le espetó.

–¿Y por qué es eso? –preguntó Apollo, cerrando el grifo y tomando una toalla antes de salir de la ducha.

–¡Porque sois amenazadores, egoístas y malvados! Tuve que aguantar muchas cosas cuando era adolescente... hombres intentando pillarme desnuda en la habitación, intentando tocarme en sitios que no deberían, diciendo cosas sucias...

Apollo parecía haberse quedado clavado al suelo.

–¿Qué hombres? ¿De qué hombres hablas?

–Empleados de Asuntos Sociales, padres de acogida... a veces los chicos mayores de la casa –respondió ella, temblando, atrapada en los terribles recuerdos de lo que había soportado en esos años, antes de ir a la casa de Sylvia–. Así que no es tan raro que siga siendo virgen. El sexo siempre me había parecido algo sórdido y no me disculpo por ello. ¡No todo el mundo está obsesionado por el sexo como tú!

Apollo estaba pálido.

–Abusaron de ti –murmuró, incrédulo.

–No en el sentido estricto porque aprendí a defenderme –arguyó Pixie–. Ninguno consiguió hacer nada, pero consiguieron que el acto físico me repugnase...

–Naturalmente –dijo Apollo con voz entrecortada, clavando en ella sus ojos verdes–. Vuelve a la cama e intenta dormir, no voy a molestarte. Y siento haberte hecho daño.

–Solo ha sido un momento. Es que no lo esperaba –murmuró Pixie, avergonzada. Pero esa punzada de dolor había matado la pasión.

Poco después lo oyó abrir cajones en el vestidor y cuando salió llevaba unos vaqueros y una camisa blanca de lino.

Adiós a su noche de bodas, pensó con tristeza cuando salió de la habitación sin decir nada. Esos minutos previos habían sido fantásticos. Apollo le había hecho sentir algo que no había sentido nunca y que no se creía capaz de sentir. Pero todo había terminado tan de repente...

Capítulo 7

CÓMO ERA posible?, se preguntaba Apollo sentado en la cubierta, bebiendo vodka de una botella, el pelo negro flotando con el viento, sus ojos verdes brillantes. ¿Cómo era posible que hubiera terminado con una mujer que había sufrido abusos de niña y cuya actitud hacia el sexo había sido retorcida por experiencias tan desagradables?

Y él lo había estropeado aún más. No solo le había hecho daño físicamente, además le había gritado. Después de beberse media botella, Apollo caminó descalzo por la cubierta. Su mujer era virgen y él había actuado como un idiota. ¿Por qué? Porque era un imbécil arrogante, orgulloso de su experiencia...

¿Por qué no lo admitía? Todo se había estropeado porque Pixie no confiaba en él lo suficiente como para contarle la verdad. ¿Y cómo podía recriminárselo cuando él nunca le había contado a nadie su propia experiencia? También él entendía la vergüenza, las dudas, la inseguridad y el sentimiento de culpa, pero solo en ese momento entendía que Pixie había sido una víctima, como él.

Y merecía algo mejor, mucho mejor de lo que le había ofrecido. La había tratado como si fuera una de sus conquistas; una de esas mujeres expertas que solo querían pasarlo bien dentro y fuera de la cama, esperando poder sacarle el mayor rendimiento posible. Y no le importaba porque de ese modo ejercía un control total sobre la relación. Pero no podía controlar a Pixie y eso lo turbaba. Él era un hombre inteligente, frío y lógico y, sin embargo, en lugar de mostrarse encantado porque su mujer nunca hubiera estado con otro hombre, le había gritado...

Pero estaba encantado porque algo en Pixie despertaba un deseo posesivo en él que no había experimentado nunca. Además, había tenido el coraje de contarle algo tan personal y estaba en deuda con ella, ¿no?

Haciendo eses, Apollo se dirigió al camarote, pero tropezó con la ropa que Pixie había dejado en el suelo, frente a la puerta. El estruendo y su grito de sorpresa interrumpieron los pensamientos de Pixie, que encendió la lámpara de la mesilla y se quedó asombrada al verlo en el suelo.

—¿Qué te ha pasado?

—Que estoy borracho —respondió él.

—Después de una noche tan horrible, lo entiendo.

—No seas tan amable —dijo Apollo, pasándose una mano por el cabello despeinado—. Yo no lo he sido.

En sus ojos verdes había un brillo temerario que la ponía nerviosa. Sobrio era difícil de manejar, borracho podría ser más de lo que ella podía controlar.

—Nunca había estado con una virgen —le confió Apollo entonces—. Quería que todo fuese perfecto y cuando se estropeó me puse furioso. Es mi ego, mi orgullo, nada que ver contigo. He sido un... —Apollo masculló una palabrota.

—Más o menos —dijo ella, más alegre después de esa admisión y pensando que incluso borracho era el hombre más guapo que había visto en toda su vida.

—Mi segunda madrastra me pegaba con un cinturón hasta hacerme sangre —le confió Apollo entonces.

Pixie tragó saliva.

–¿Cuántos años tenías?

–Seis. La odiaba.

–No me sorprende. ¿Y qué hizo tu padre?

–Se divorció de ella. Estaba muy sorprendido, pero la verdad es que era un poco ingenuo sobre lo crueles que pueden ser las mujeres –respondió Apollo mientras tomaba un trago de la botella que aún llevaba en la mano–. No entendía que *yo* era el gran problema en sus matrimonios.

–¿Por qué?

Pixie se preguntaba si debería quitarle la botella o, sencillamente, cerrar los ojos. Apollo no parecía él mismo y tal vez la odiaría a la mañana siguiente por haberlo visto tan vulnerable.

–Cuando una mujer se casa con un hombre rico quiere que su hijo sea el heredero, pero yo estaba allí y era el primogénito.

–A juzgar por la paliza que te dio tu madrastra, tu padre no cuidaba de ti demasiado bien.

Apollo cerró los ojos, las largas pestañas casi rozando sus pómulos.

–Se casó con mi tercera madrastra cuando yo tenía once años. Era una mujer guapísima, escandinava, y la única que parecía tener genuino interés por mí. Yo estaba hambriento de afecto maternal y ella iba a buscarme al colegio, me ayudaba con los deberes y esas cosas. Mi padre estaba encantado y la animaba a seguir haciéndolo –terminó, haciendo una mueca.

–¿Entonces? –preguntó Pixie, sabiendo por su tensa expresión que no todo había sido tan agradable.

–Básicamente estaba preparándome para el sexo. Le gustaban los chicos adolescentes...

–¡Pero tenías once años! –exclamó ella, horrorizada–. Imagino que no serías capaz...

–Cuando por fin me llevó a la cama tenía trece años y la relación duró dos años más. Me llevaba a hoteles... era algo sórdido y terrible y yo sabía que estaba traicionando a mi padre, pero era mi primer amor y era tan tonto como para adorar el suelo que pisaba. Era su mascota –terminó Apollo, con gesto asqueado.

Pixie saltó de la cama y corrió a su lado.

–Lo siento mucho. Debió ser terrible.

–Tenía quince cuando mi padre se enteró.

–Una mujer perversa se aprovechó de ti....

–Y ni siquiera era el único–la interrumpió él–. Había estado haciendo lo mismo con el hijo de un pescador local. Fue su padre quien se lo contó al mío.

Pixie lo envolvió en sus brazos.

–Solo eras un niño. No podías hacer nada.

–Pero yo sabía que estaba haciendo mal al acostarme con la mujer de mi padre. No merecía que me perdonase, pero me perdonó.

–Porque te quería y sabía que su mujer estaba aprovechándose de ti –argumentó Pixie–. Siento mucho haberte llamado mujeriego. Tuviste una adolescencia terrible y, por supuesto, eso te afectó.

Apollo alargó una mano para acariciar su pelo.

–Nunca se lo había contado a nadie, pero tú me has abierto tu corazón... y ahora creo que necesito irme a la cama. No quiero quedarme dormido en el suelo, *koukla mou*.

Pixie le quitó la botella de la mano y, tambaleándose ligeramente, Apollo cayó en la cama y se quedó dormido de inmediato. Ella lo observó en la penumbra, pensando en lo equivocada que había estado sobre él, aunque después de lo que le había revelado le parecía más complejo que nunca. El hombre con el que había llegado a un acuerdo para casarse y tener un hijo la fascinaba, tuvo que reconocer mientras apartaba el pelo de su frente con el corazón encogido.

Un cosquilleo la despertó al amanecer. Seguía siendo algo nuevo para ella, pero supo de inmediato que era Apollo acariciándola. Sus pezones eran como duros capullos y el sitio donde jugaba con sus astutos dedos estaba bochornosamente sensible y húmedo.

–¿Estás despierta? –susurró él.

–Sí –consiguió decir Pixie, levantando las caderas.

Apollo se colocó sobre ella, todo músculo y feroz control. Con los ojos brillantes, el rostro tenso y esa sombra de barba era más irresistible que nunca. Temiendo ser demasiado estrecha para él, tuvo que hacer un esfuerzo para no contraer los músculos, pero Apollo se movía despacio, dolorosamente despacio, ensanchándola poco a poco con su rígido miembro y despertando en ella una reacción de inesperado placer ante la asombrosa fricción. Cuando empujó con fuerza hacia delante, una oleada de emoción la envolvió y dejó caer la cabeza hacia atrás, abriendo los ojos de par en par.

–No quería que te pusieras nerviosa otra vez –admitió él–. Esto no es un castigo.

–Nada de... castigo –musitó ella sin voz, apretándose contra su cuerpo.

–Solo sexo –dijo Apollo.

Si ella tuviese aliento para discutir lo habría hecho, pero no podía respirar. Estaba dentro de ella y sobre ella y nada le había gustado más en toda su vida. Apollo esbozó una sonrisa cargada de masculina satisfacción y, por una vez, no le importó.

Levantó sus piernas para colocarlas sobre sus hombros y la embistió profundamente, provocando una oleada de placer que la hizo gritar. El deseo era incontenible, intenso, hasta que algo parecido a una explosión detonó dentro de ella y sintió que salía volando.

Apollo dejó escapar un gruñido de gozo sobre su pelo y Pixie intentó abrazarlo. Era algo automático, instintivo... y fue una sorpresa cuando él se apartó, poniendo espacio entre ellos con gesto sombrío.

—No puedo hacer eso —se disculpó, su hermosa boca momentáneamente rígida de tensión.

Pixie intentó disimular su decepción porque de verdad lo entendía después de lo que le había contado por la noche. Apollo era un niño necesitado de afecto materno que había sido engañado por una mujer para ganarse su confianza.

Tuvo que hacer un esfuerzo para contener las lágrimas, luchando contra el deseo de abrazarlo. Era el único hombre que había tenido tanto poder sobre ella y eso la asustaba. A veces sentía ganas de darle una patada, otras quería abrazarlo, aunque sabía que él no querría eso, que no podría soportarlo. Cuando la hacía perder el control de su cuerpo, de algún modo también tocaba sus emociones y sabía que eso era peligroso.

Apollo, acostumbrado a sentirse cómodo en cualquier situación, se sentía inquieto. Él no solía beber en exceso y cuando lo hacía siempre era capaz de controlar su lengua, pero de forma inexplicable esa noche había perdido el control y le había contado sus más oscuros secretos. Las tristes experiencias de Pixie habían reavivado unos recuerdos que había suprimido durante años y eso lo había desestabilizado, pero no le gustaban sus propias debilidades. No le gustaba nada esa sensación de mostrarse expuesto y vulnerable porque le recordaba lo indefenso que había sido de niño. Y, por esa razón, se alegraba de tener una distracción disponible.

–Tengo algo para ti –le dijo, abriendo un cajón de la mesilla para sacar una cajita que había guardado unos días antes. Él siempre pensaba en todo y estaba preparado para cualquier eventualidad. Además, Pixie merecía ese regalo mucho más que cualquiera de las mujeres con las que había compartido cama.

La noche de bodas había sido desastrosa, con él borracho y contándole sus penas como si fuera un crío. Pero después de eso, aunque sabía que temía la consumación, ella le había entregado su confianza y eso era algo que no tenía precio.

Sorprendida, Pixie abrió la caja con mucho cuidado y tragó saliva al descubrir una preciosa pulsera de diamantes.

–¿Es para mí?

–Mi regalo de boda –anunció Apollo mientras saltaba de la cama para dirigirse a la ducha, convencido de que había hecho todo lo posible por mostrarse considerado y decente.

–Es preciosa... y supongo que necesito joyas para parecer la esposa de un millonario –murmuró Pixie, insegura–. Pero no es el mejor momento para darme un regalo.

Él la miró con gesto de incredulidad.

–¿Por qué?

Desnudo y bronceado como un dios griego, era sin la menor duda el hombre más impresionante que había visto nunca, pero la confundía y la hería una y otra vez, pensó Pixie.

–No soy una fulana a la que tengas que pagar por una noche.

–Nunca he estado con una profesional –replicó él, con tono helado–. Te he ofrecido un regalo y «gracias» hubiera sido la respuesta apropiada.

—Es que esto me hace sentir... —empezó a decir Pixie, intentando poner en palabras algo que no entendía ella misma.

—Tenemos un acuerdo —le recordó Apollo—. Piensa en ello como un negocio, así de simple.

—No puedo pensar en mi cuerpo como un negocio. No sé en qué me convertiría eso —replicó ella, sintiéndose absurdamente infeliz—. Necesito más respeto del que tú me ofreces si vamos a estar juntos durante meses. No creo que sea mucho pedir. No pareces capaz de abrazarme después del sexo... pero no voy a pegarme a ti, no te preocupes. No voy a enamorarme de ti o de las cosas que puedas comprarme. Sé que este matrimonio no es real.

En ese momento sonó un gemido por debajo de la cama.

—Calla, perro —le ordenó Apollo, frustrado—. Te han dado un paseo, te han dado comida y agua. No te metas en esto, ella puede arreglárselas sola.

Pixie dejó escapar un suspiro.

—¿No podríamos intentar ser amigos? Si no podemos ser otra cosa porque te sientes amenazado...

Apollo echó hacia atrás la arrogante cabeza, sus ojos verdes brillantes como esmeraldas.

—Tú no me haces sentir amenazado.

Pixie dejó escapar un suspiro.

—No me castigues porque anoche hablaste demasiado.

Y allí estaba lo que no podía soportar de Pixie: que veía lo que había en su corazón y era la experiencia más incómoda que había tenido que soportar en muchos años.

Sin decir una palabra, Apollo se metió en la ducha y se negó a seguir pensando; un truco que había aprendido de niño para mantener cierto control sobre su vida. Se mantuvo erguido y tenso hasta que los chorros de agua se llevaron la frustración y la angustia.

Conteniendo un gemido, Pixie volvió a la cama y no protestó cuando Hector saltó para tumbarse a su lado. Con un poco de suerte, Apollo pensaría que estaba dormida, pero en realidad estaba contando cosas positivas, una costumbre que tenía desde la niñez para hacer que los días grises fuesen más alegres.

Número uno, se habían acostado juntos y había sido... asombroso. Número dos, Apollo era un hombre herido, pero al menos le había contado por qué, aunque lo lamentase. Número tres, parecía querer que su matrimonio funcionase, pero no sabía cómo hacerlo. Las mujeres que saltaban de alegría al recibir un regalo por una noche de sexo no educaban a un hombre sobre los sentimientos femeninos o sobre cómo hacer que una mujer se sintiera respetada y segura.

¿Esperaba demasiado de él?, se preguntó. Aquel era, supuestamente, un simple acuerdo y tal vez estaba siendo poco razonable.

Pixie desayunó sola sobre la pulida cubierta, con Hector a sus pies, mientras Apollo trabajaba en su despacho. La había llamado por teléfono, sí, por teléfono, para decirle que tenía mucho trabajo, como si estuviera arrepentido de todo lo que le había contado por la noche. Cuando su móvil sonó de nuevo Pixie respondió a toda prisa, pensando que querría decirle algo más, pero era su amiga Holly.

–¡Vito y yo iremos al *Circe* esta tarde! –exclamó Holly, emocionada–. ¿Qué te parece?

Pixie puso los ojos en blanco.

–Cuantos más, mejor –bromeó, tontamente dolida al saber que Apollo los había invitado para crear una barrera entre ellos un día después de su boda.

¿De verdad era tan insoportable? Suspirando, se llevó una mano al abdomen, rezando para quedar embarazada lo antes posible. Cuanto antes escapasen de aquella situación, mejor para los dos. Si no vivían juntos ni compartían cama todo sería más fácil, razonó, preguntándose por qué tenía el corazón tan pesado.

–Iremos a una discoteca en Corfú –le contó Holly–. Bueno, qué tonta, imagino que ya lo sabes.

–No, no lo sabía –murmuró Pixie.

–Prometo no hacer preguntas indiscretas –empezó a decir Holly unas horas después, mientras se sentaba en la cama del camarote–. Pero no pareces feliz y Apollo no nos habría invitado si lo fueras. ¿Puedo preguntar eso al menos?

Pixie hizo una mueca.

–No. Lo siento.

–Pero pareces tan apegada a él... y lo raro es que Apollo también parece apegado.

–No, de eso nada –dijo Pixie, absolutamente convencida.

–Le ha dicho a Vito que nos ha invitado porque pensó que te haría ilusión y Apollo nunca hace el menor esfuerzo por una mujer.

Nada convencida, Pixie se encogió de hombros mientras Holly acariciaba a Hector y Angelo exploraba la habitación con la vana esperanza de encontrar algo con lo que jugar. Inclinándose, tomó a su ahijado en brazos, mirando la adorable carita del pequeño.

–¿Qué vas a ponerte esta noche?

Aliviada por el cambio de tema, Pixie le mostró el vestido.

–Dios mío, voy a parecer anticuada a tu lado. ¿A qué hora piensas ir a la peluquería?

–Voy a peinarme yo misma –respondió ella, sorprendida.

–¿Tienes un salón de belleza a bordo y sigues peinándote tú misma?

–¿Hay un salón de belleza en el *Circe*?

Mientras hablaban sobre las imperfecciones de Apollo como marido y anfitrión, las dos mujeres se dedicaron a explorar el yate y pasarlo bien.

Horas después tuvo lugar una cena en la que Apollo parecía ignorar a su esposa y Pixie decidió hacer lo propio, charlando con su amiga, a la que tanto echaba de menos. Después, salieron a cubierta para subir a la lancha que los llevaría a la isla de Corfú.

Apollo la estudiaba con expresión consternada.

–No me gusta ese vestido –le dijo.

Haciendo una mueca, Vito tomó a Holly del brazo para alejarse un poco y Pixie se encogió de hombros. Llevaba un corpiño ajustado de color cereza, una falda lápiz negra y unos zapatos de tacón altísimo. Era un atuendo joven y moderno y le daba igual lo que Apollo pensara.

–No puedes dictar qué debo ponerme. Además, ¿cuál es el problema?

Él apretó los dientes.

–Que enseñas demasiado.

–Has salido con mujeres que no se molestaban en ponerse ropa interior.

–Tú eres diferente, eres mi mujer –insistió él–. Y no quiero que otros hombres miren a mi mujer.

–Pues lo siento –replicó Pixie con un combativo

brillo en los ojos–. Tú eres un neandertal con traje de chaqueta.

–Si no tuviéramos invitados no te dejaría bajar del barco –replicó él.

Menudo hipócrita, pensó ella. Apollo era famoso por salir con mujeres que parecían haberse dejado la mitad del vestido en casa.

Un par de horas después, en la sala VIP de la discoteca, Pixie empezaba a echar humo. Apollo estaba rodeado de mujeres con las que bromeaba como si ella no estuviera allí.

–Siento mucho haberte metido en esto, Holly –se disculpó.

–No debería decirlo, pero portarse mal es el pasatiempo favorito de Apollo.

Pixie echó la cabeza hacia atrás, la rubia melena bailando alrededor de sus hombros.

–Yo también puedo portarme mal –murmuró.

Su amiga hizo una mueca.

–Provocarlo no es la mejor manera de lidiar con Apollo.

Pixie, sin embargo, estaba harta de ser amable y sensata. Desde su llegada a la discoteca Apollo había estado flirteando con otras mujeres, invitándolas a champán y dejando que babeasen por él. La trataba como si fuera invisible y no estaba dispuesta a permitirlo. Además, había descubierto por qué no hacía el menor esfuerzo con ella. Por lo que sabía, Apollo nunca había tenido que hacer el menor esfuerzo. Era guapo y rico, y actuar como un niño mimado en una tienda de caramelos, eligiendo el que más le gustaba, era lo normal para él.

Pixie se apoyó en la barandilla para mirar a la gente que bailaba en la pista, haciendo una mueca al escuchar risas desde la mesa. Le gustaría tirarle un cubo de hielo sobre la cabeza y luego ir dándole patadas hasta el *Circe*. Había sugerido que fueran amigos y esa era la respuesta que recibía. ¿Y por qué le importaba? Lo miró de nuevo por el rabillo del ojo y cuando vio a una mujer pasando los dedos por su torso tuvo que apretar los dientes de rabia.

–¿Quieres bailar? –escuchó una voz con leve acento tras ella.

Pixie se dio la vuelta y sonrió al encontrarse con un atractivo joven de pelo negro, ojos muy oscuros y aspecto árabe. Vito la había invitado a bailar y le había dicho que no porque sabía que se lo pedía por pena. Y también le había dicho que no a Holly, pero un extraño era un aceptable sustituto para un marido que la ignoraba mientras, al mismo tiempo, se portaba de manera indecente.

–Sí, gracias –respondió, notando que los guardaespaldas que los habían acompañado a la discoteca se levantaban con gesto alarmado. Decidida, sonrió para hacerles saber que estaba bien y no necesitaba ser rescatada.

–Soy Saeed –se presentó su acompañante.

–Yo me llamo Pixie –anunció ella alegremente, precediéndolo por la escalera y notando que los dos guardaespaldas de Apollo tomaban posiciones al borde de la pista de baile junto a otros dos hombres altos y fornidos.

–¿Dónde está Pixie? –preguntó Apollo abruptamente.

–Bailando –anunció Holly con cierta satisfacción.

–¿Con otro hombre? –exclamó él mientras se levantaba de un salto.

Vito se levantó también para acompañar a su amigo a la pista de baile.

–No puedes pegarle, tiene estatus diplomático –le advirtió al ver al hombre con el que bailaba.

Apollo masculló una palabrota en cuatro idiomas diferentes cuando, por fin, vio a su mujer bailando con un extraño. El hombre agarraba sus caderas, intentando apretarla contra él y, experimentando una furia ciega, iba a dirigirse hacia ellos cuando Vito lo tomó del brazo.

–Es un príncipe árabe, no provoques un escándalo –le advirtió su amigo.

Apollo apretó los puños, furioso. ¿A qué demonios estaba jugando Pixie? Era su mujer y no pensaba dejar que otro hombre la tocase. Él nunca perdía los nervios, pero allí estaba, a punto de estallar porque no era el único que se había fijado en la ajustada falda o en ese top que destacaba la curva de sus pechos.

Airado como nunca, Apollo se colocó detrás de ella, la tomó en brazos y la cargó sobre su hombro.

–Es mi mujer –le dijo al sorprendido príncipe, que era del mismo tamaño que Pixie con tacones. Y con ese claro anuncio de su derecho a interferir, Apollo se dirigió a la salida.

Pixie tardó unos segundos en darse cuenta de lo que estaba pasando, pero en cuanto reconoció el aroma de Apollo empezó a golpear su espalda con los puños.

–¿Qué demonios estás haciendo? ¡Suéltame ahora mismo!

Mientras los guardaespaldas intentaban no mirar o fingir que no miraban, Apollo empujó a su mujer al interior de la limusina para volver al puerto. Pero, como una gata, Pixie se lanzó sobre la puerta.

–¡Quiero volver con Vito y Holly!

Apollo dejó escapar un largo suspiro.

–Volvemos al yate. Y si es así como piensas portarte cada vez que salgamos juntos, no volveremos a salir.

–No tengo que ir contigo a ningún sitio –replicó ella, intentando abrir la puerta de la limusina–. ¡Déjame salir!

–No –dijo Apollo, un poco más calmado al tenerla a su lado de nuevo, donde debía estar–. No deberías haber dejado que te tocase.

–¿Lo dices en serio? –exclamó Pixie–. ¡Tú has tenido mujeres tocándote toda la noche!

Apollo la fulminó con la mirada.

–¿Se puede saber qué te pasa?

–Lo que me pasa es que no estoy dispuesta a dejar que me manipules –respondió ella–. Todo lo que tú puedas hacer también yo puedo hacerlo y lo haré. Me lanzaré sobre cualquier hombre si eso te molesta... te odio, Apollo. ¡Te odio!

Apollo la observó alejarse hacia la lancha como un guerrero en miniatura y sentarse tan lejos de él como era posible. El matrimonio prometía ser mucho más difícil de lo que había pensado, tuvo que admitir, aún sorprendido por los sentimientos posesivos que lo habían asaltado cuando vio al príncipe poner sus manos sobre ella. ¿Cómo se atrevía?

Unos minutos después, Pixie se quitó los zapatos para subir al yate.

–Hemos abandonado a nuestros invitados –le recordó–. Menudos anfitriones.

–Si crees que Holly y Vito quieren encontrarse en medio de una discusión marital, estás loca. Imagino que no volverán hasta el amanecer –dijo Apollo, con los dientes apretados.

Capítulo 8

FURIOSA, PIXIE tiró los zapatos cuando entraron en el camarote. Apollo había actuado como un imbécil durante toda la noche y, además, la había puesto en ridículo como si fuese ella quien lo había ofendido. No era justo y la sacaba de sus casillas. ¿Cómo iba a perdonarlo? ¿Cómo iba a seguir casada con un maníaco? Menudo acuerdo, pensó.

–No voy a dormir aquí esta noche –le advirtió.

–No vas a dormir en ningún otro sitio –anunció él.

–Hay diez camarotes en este yate. ¿Qué te pasa? –gritó Pixie–. ¿Qué quieres de mí?

Apollo no sabía lo que estaba haciendo. Había perdido la cabeza y eso no le pasaba nunca. La deseaba, pensó. Por alguna razón, era como la pieza perdida de un puzle que tenía que tener a cualquier precio. El sexo había sido asombroso... tenía que ser eso. Problema resuelto, se dijo a sí mismo.

–¿Vas a contestar esta noche o tengo que esperar a mañana? –insistió ella, en jarras.

Sin saber qué hacer, Apollo empezó a desabrochar su camisa hasta que oyó unos arañazos en la puerta. Cuando abrió, Hector entró tranquilamente, pero al verlo corrió a esconderse bajo la cama.

–Eres mi mujer –dijo por fin, cerrando la puerta. Y, en su opinión, eso era todo lo que tenía que decir.

Pixie se quedó perpleja por tal respuesta.

–Pero no soy tu mujer de verdad...

–Estamos casados legalmente y estoy intentando que quedes embarazada. ¿Cómo puede ser más real? Además, esta noche me siento casado.

Los ojos grises brillaban de indignación.

–Si es así como vas a portarte cuando estás casado, no me gustaría estar contigo cuando seas soltero.

–No esperaba que me la devolvieras –admitió él abruptamente, con una sonrisa que la enfureció aún más–. Muy inteligente, *koukla mou*. Es lo mejor que podías hacer para que un tipo tan básico como yo se enfadase.

Pixie respiraba con dificultad.

–¿Crees que ha sido una estrategia para llamar tu atención? –exclamó, atónita.

–Ha funcionado –señaló él–. Así que supongo que ha sido algo deliberado.

–No ha sido deliberado –Pixie se inclinó para tomar un zapato y tirárselo a la cabeza–. ¿Cómo puedes ser tan arrogante?

–Mira, voy a dejarlo pasar por esta vez, pero si vuelves a dejar que otro hombre te toque, tendrás que pagar por ello.

–¿Me estás amenazando? –exclamó Pixie, tomando el otro zapato y blandiéndolo como si fuera un arma.

–¿Amenazarte? Tú eres más violenta que yo. Una vez me diste un puñetazo y ahora me estás tirando cosas –le recordó él.

Pixie tiró el segundo zapato, pero Apollo lo evitó haciendo una finta. Hector, asustado de verdad, empezó a gemir desde su escondite bajo la cama.

–Puedo permitir que hagas cosas que no he permitido hacer a otras mujeres, *koukla mou*, pero no puedo permitir que asustes a ese pobre perro –dijo Apollo, tomándola en brazos para sentarla sobre la cama–. Cálmate, tienes toda mi atención.

–¡Ahora no la quiero! –gritó ella, tan dolida que sus ojos se llenaron de lágrimas.

–Me temo que esto es lo que hay –murmuró él, tomando su cara entre las manos–. Te deseo.

–No –dijo Pixie, intentando apartarse.

–Tú también me deseas, pero no quieres admitirlo.

–¿Pero te oyes a ti mismo? ¿No te maravillas de lo arrogante que eres?

Apollo buscó su boca en un beso apasionado y su temperatura subió como un cohete. Ardiendo de deseo, se colocó a horcajadas sobre él y Apollo empujó sus caderas para que notase lo que le hacía. Y Pixie lo notó, vaya si lo notó. El rígido bulto bajo la cremallera del pantalón provocó un torrente entre sus piernas. Apollo tiró del top para chupar sus rosados pezones, una maniobra que la dejó sin aliento, pero intentó reaccionar.

–No pienso dirigirte la palabra –murmuró, consternada.

–¿Desde cuándo es necesario hablar? –replicó él, metiendo una mano bajo su falda para rasgar las bragas y acariciar con dedos expertos el sitio que lo esperaba impaciente.

–Apollo... –murmuró, impotente y culpándolo por ello.

–Te deseo más de lo que he deseado nunca a una mujer –dijo con voz ronca.

Ah, la combinación de su irresistible sonrisa y esas maravillosa palabras dejó a Pixie mareada y, como por voluntad propia, sus brazos se enredaron alrededor de su cuello.

¿Qué le pasaba? ¿Por qué seguía deseándolo? ¿Qué había sido de su enfado?

Cuando miró esos preciosos ojos verdes su corazón dio un vuelco, pero se dijo a sí misma que no podía estar enamorándose de él. No, ella era demasiado sensata. No era el tipo de mujer que haría eso sabiendo que, al final, Apollo le rompería el corazón. Solo era deseo; un deseo salvaje, loco. Y le afectaba más porque era la primera vez para ella.

Apollo la acarició entre las piernas, anulando sus defensas y excitándola hasta que lo único que deseaba, lo único que necesitaba, era llegar al final. La empujó suavemente hacia tras para quitarle la falda y se lanzó sobre ella sin desnudarse siquiera.

–No puedo esperar –murmuró–. Tengo que tenerte ahora mismo.

Se enterró en ella sin ceremonias, pero su duro miembro era todo lo que su cuerpo necesitaba en ese momento. Un grito de placer escapó de sus labios, seguido de un suspiro de satisfacción cuando empezó a moverse. Apollo cambió de postura para hacerlo desde otro ángulo y Pixie gimió de gozo, sorprendida, pero deseando aquello como no había deseado nada en toda su vida. El poder que tenía sobre ella la abrumaba, pero no quería pensar en eso. El clímax la envolvió como una avalancha, apartando cualquier otro pensamiento, cualquier otra sensación. Después, tirada sobre el torso de Apollo decidió que tal vez no se movería nunca.

Pero unos segundos después, él la tumbó sobre el colchón y se arrodilló sobre ella para quitarse la ropa con gestos frenéticos.

–Espero que no estés cansada. Creo que podría seguir durante toda la noche.

Habían hecho las paces. Apollo se decía a sí mismo que ese había sido su objetivo, pero necesitaba hundirse en ella una vez más. Sencillamente, había algo en Pixie que actuaba como un afrodisíaco. No iba a pensar en ello. ¿Por qué iba a hacerlo? ¿Para qué? El sexo no necesitaba ser diseccionado. Sencillamente, era así.

Besó a Pixie y ella no necesitó más invitación. De hecho, fue ella quien inició el encuentro en aquella ocasión.

«A las mujeres les gusta que las abracen», le había dicho Vito, como si fuera un gran secreto conocido solo por unos pocos. A él no le gustaba abrazar, pero podría aprender a fingir... particularmente si eso animaba el sexo, pensó con una sonrisa de lobo.

«Sé amable», le había dicho Holly, sin muchas esperanzas de que le hiciera caso.

Cuando se trataba de estrategia Apollo siempre había creído ser astuto, pero se había equivocado al pensar que Pixie tendría un ataque de celos en la discoteca. Y se había sentido ofendido cuando no fue así, pero no volvería a cometer ese error. No, la escucharía, la observaría y aprendería hasta que su matrimonio fuese más civilizado y los dos consiguieran lo que querían de ese acuerdo. Eso era lo más razonable.

Mientras estaba reflexionando con lo que a él le parecía perfecta coherencia, Pixie se sentía tan irracional como un montón de semillas que el viento llevaba aquí y allá. No tenía guía ni soportes para los sentimientos que la asaltaban cuando Apollo, con aparente naturalidad, la envolvió en sus brazos. La hacía sentir segura, como si le importase de verdad. La hacía sentir especial y, aunque el sentido común le decía que ella no era nada comparada con las modelos con las que Apollo solía salir, era feliz por primera vez en mucho tiempo. Era feliz de verdad y decidió que no iba a malgastar energía preocupándose o criticándose a sí misma. Apollo tenía razón en una cosa: lo deseaba. Al menos en ese sentido su matrimonio funcionaba...

Pero cuando Apollo deslizó una mano grande y poderosa por su espalda, Pixie dejó de pensar.

Apollo había dejado un reguero de galletitas por el suelo y Hector, que estaba convirtiéndose en experto en seguir rastros, salió de su camita y fue disfrutando del festín hasta el escritorio mientras él fingía ignorar sus progresos. Cada semana, el pequeño terrier se atrevía a acercarse un poco más a un hombre que lo aterrorizaba, aunque Apollo no se lo tomaba como algo personal. Hector tenía miedo de los hombres, pero era más confiado con las mujeres. Se había hecho amigo de Pixie en la consulta del veterinario donde estaban atendiendo sus heridas y Pixie, que era amiga de una de las enfermeras, se había encariñado con el perrillo de inmediato.

Al menos Hector era más previsible que ella, tuvo que admitir. Pixie no confiaba en nada de lo que él dijera. Parecía convencida de que no podía ser más que un mujeriego, como si tuviese un defecto genético que lo incapacitaba para cualquier otro propósito. Y eso lo volvía loco. Nunca había conocido a una mujer tan obstinada. En la cama eran perfectos el uno para el otro. Pixie era tan apasionada como él, pero fuera del dormitorio sus esfuerzos por hacerla cambiar de opinión sobre él eran infructuosos.

Apollo tiró un juguete en dirección a Hector. Esperaba que el animal saliera corriendo, pero el terrier lo sorprendió lanzándose con aparente alegría sobre el juguete para golpearlo con sus patitas, encantado al escuchar los pitidos.

Pixie sacó un pie fuera de la cama y se sentó lentamente para evitar las náuseas que la habían afectado en varias ocasiones durante la última semana. Pero en cuanto se puso en pie tuvo que ir corriendo al cuarto de baño. Después de darse una ducha se vistió y, por suerte, su estómago parecía asentado.

¿Estaba embarazada? Si era así, sería de muy poco tiempo y dudaba que las náuseas apareciesen tan pronto. Aunque le había parecido increíble que tanto sexo no hubiera llevado directamente a un embarazo. Apollo hablaba en serio al decir que «le gustaba el sexo y le gustaba a menudo».

Tenía un retraso de varios días, pero no quería hacerse ilusiones y, por supuesto, no le contaría nada a Apollo. De hecho, aunque el embarazo se confirmase no querría contárselo enseguida. ¿Y por qué?

Sería mejor no pensar en ello, decidió, mientras se ponía un pantalón corto y una camiseta. Seguía sin acudir al salón de belleza del yate porque siempre le había gustado arreglarse el pelo ella misma, pero sí usaba otros servicios, pensó, mirando sus brillantes uñas y sus perfectamente depiladas cejas. La verdad era que estaba acostumbrándose poco a poco al estilo de vida de Apollo.

Le asustaba reconocer que estaba acostumbrándose a llevar vestidos de diseño y joyas caras. Apollo decía que tenía que hacer el papel y ella aceptaba porque sabía que tenía razón. Nadie se tomaría en serio su matrimonio si tenía aspecto de pobretona.

Pero aun así, a veces sentía que estaba perdiendo una parte esencial de sí misma: su independencia.

Por supuesto, todo cambiaría si estaba embarazada, pensó. Apollo reclamaría su antigua vida y volvería a ser el mujeriego más famoso de Europa. Después de todo, una vez conseguido el embarazo no habría razón para quedarse con ella. No habría razones para que compartiesen cama... sería el final de su supuesto matrimonio.

Y allí estaba, esa era la triste verdad: estaba locamente enamorada de su marido, que no era un marido de verdad. Había descubierto muchas cosas sobre Apollo en esas seis semanas. Por ejemplo, que no era el mujeriego que describían las revistas o las páginas de cotilleos de internet. Siempre se había preguntado cómo era posible que Apollo y un hombre tan serio como Vito fuesen amigos cuando a primera vista no tenían nada en común. Y en temperamento, vida familiar y comportamiento era muy diferentes, pero no tanto como había imaginado.

Por ejemplo, Apollo apoyaba muchas causas benéficas, sobre todo una organización no gubernamental que ayudaba a niños maltratados y un santuario para perros abandonados que había abierto en Atenas. En la isla de Nexos también tenía un albergue para animales que habían sufrido maltrato y Pixie estaba deseando visitarlo y, con un poco de suerte, recibir consejos profesionales para lidiar con los miedos de Hector. Todas esas facetas desconocidas habían erradicado su antigua hostilidad hacia Apollo.

Desde esa noche en la discoteca, cuando los dos perdieron los nervios, la relación entre ellos había cambiado y desde entonces no se habían separado ni un momento. Pixie esbozó una sonrisa. No creía que Apollo pudiera pasar una sola noche sin sexo. O que pudiese ella. La pasión abrasadora que había entre ellos la emocionada casi tanto como la asustaba. Naturalmente, seguían peleándose de vez en cuando, pero su relación parecía tan normal que debía hacer un esfuerzo para recordar que su matrimonio no era un matrimonio de verdad sino un acuerdo con el objetivo de quedar embarazada. Y que tenía una fecha de caducidad.

Su hermano, con el que hablaba a menudo por teléfono, había admitido por fin que sufría una adicción al juego, pero estaba acudiendo a las reuniones de *Jugadores Anónimos* todas las semanas, de modo que tenía una preocupación menos.

Se había enfadado con Apollo cuando le echó en cara sus problemas sin consultar con ella, pero había cambiado de opinión. No le habían gustado sus métodos, pero sabía que lo había hecho con buena intención. Después de todo, si no fuera por la intervención de Apollo, ella ni siquiera sabría que su hermano seguía apostando. Además, gracias a su apoyo Patrick tenía muchas más posibilidades de superar su adicción y vivir una vida feliz.

En realidad, ni siquiera debería ser una sorpresa que se hubiera enamorado de él, pensó. Apollo era su primer amante, su primer todo. Y era un hombre con un gran carisma cuando quería, pero no podía caer en la trampa. Apollo estaba haciendo un papel para su beneficio y en beneficio propio. ¿La creía tan tonta que no sabía eso?

Se mostraba atento y simpático, pero todo era mentira. El estrés y la angustia de una mala relación podrían evitar que quedase embarazada y una pelea la alejaría de su cama, por eso era tan amable. Como cuando subió a la cubierta superior del yate para lanzarse al agua desde allí y Apollo se puso histérico. No, su preocupación por lo que podría haberle pasado no podía ser sincera.

Si se hubiera matado al tirarse de la cubierta sería inconveniente para él, pero con sus recursos y su atractivo le habría resultado muy fácil remplazarla, pensó, poniéndose melodramática.

Y tampoco debía dar importancia a las excursiones que habían hecho para nadar, merendar en playas solitarias o explorar preciosos pueblecitos costeros. Apollo disfrutaba mostrándole la belleza de su país y había descubierto que conocía bien la mitología griega. De hecho, lo sabía todo sobre las ruinas griegas o romanas de la zona.

Pixie jugaba nerviosamente con el colgante de oro y diamantes que llevaba al cuello. Apollo se lo había regalado una semana después de la escena en la discoteca y ella había tenido que disimular una tonta emoción. Su marido era un hombre cambiante, voluble, apasionado y en muchos sentidos un misterio y una contradicción constante. Era un multimillonario con todos los lujos a su alcance y, sin embargo, disfrutaba merendando en una playa con una botella de vino del lugar, pan casero, una simple ensalada y queso local.

Había descubierto que le gustaban los perros, pero no tenía ninguno desde la infancia y parecía disfrutar intentando ganarse la confianza de Hector, un chucho de naturaleza desconfiada...

La puerta se abrió y Pixie se levantó al ver a su perro detrás de Apollo. Hector no se acercaba jamás a él, pero solía seguirlo a cierta distancia.

Con un pantalón cargo y una camisa negra medio desabrochada, Apollo la miró con una sonrisa de reprobación.

–¿Por qué te has levantado tan tarde? No has desayunado conmigo –se quejó.

–Tal vez me estás agotando –bromeó ella.

Sus ojos verdes brillaban como joyas.

–¿Soy demasiado exigente? –le preguntó, con el ceño fruncido.

Pixie se puso colorada.

–No más que yo –murmuró, recordando que lo había despertado en medio de la noche para buscar el placer que solo él podía darle.

Apollo le pasó un brazo por los hombros.

–Me gusta que seas sincera –le confesó con voz ronca.

–No, lo que te gusta es ser mi único objeto de deseo –lo corrigió ella, apoyándose en su costado como si estuviera programada para hacerlo.

Él inclinó la oscura cabeza para reclamar su boca con un ansia que despertó un incendio entre sus piernas. Era tan débil con él, pensó. Se negaba a sí misma el deseo de abrazarlo porque no quería que supiera lo que sentía por él, pero eso se convertiría en una barrera en la relación. ¿No le había prometido no pegarse a él? ¿No le había dicho que no tenía intención de enamorarse de él? De verdad había pensado que era imposible.

Cuando Apollo la aplastó contra su torso con fuerza, Pixie supo que podría hacer lo que quisiera con ella porque no podía resistirse. Ya no tenía defensas contra él.

Pero se quedó desconcertada cuando un segundo después la apartó en un extraño gesto de contención.

–No –dijo con voz ronca–. He venido para llevarte arriba. Quiero que veas la isla desde cubierta cuando lleguemos al puerto.

Y Pixie entendió por qué se había apartado, aunque era doloroso. En realidad, siempre había sabido que, al contrario que ella, Apollo podía resistirse a sus encantos. Eso hería su amor propio y su corazón, pero era una realidad y debería aprender a vivir con ella. Después de todo, si estaba embarazada su futuro como pareja podría contarse en días más que meses.

Además, la isla de Nexos, el hogar de los Metraxis durante generaciones, era muy importante para Apollo y una de las razones por las que se había casado con ella. Sin una esposa y un hijo, no podría asegurarse la propiedad de la isla.

Pixie estaba sobre la cubierta del *Circe*, con el brillante cielo azul sobre su cabeza, el sol iluminando la isla en la que Apollo había crecido. Él le pasó un brazo por la cintura y Pixie se apoyó en su costado para mirar la playa de arena blanca a un lado de la isla y el acantilado al otro. Entre la playa y el acantilado había un pueblo de casitas blancas, con una iglesia de cúpula redonda que parecía dar la bienvenida.

–Es preciosa –murmuró.

–Yo no veía Nexos como mi hogar hasta que me di cuenta de que podría perderla –dijo Apollo, pensativo–. Si hubiera confiado más en mi padre, tal vez no habría impuesto esa cláusula en su testamento.

–Pero ahora da igual –razonó Pixie, intentando consolarlo al notar su tono apenado–. Tal vez tu padre sabía qué cebo poner en el anzuelo.

Apollo soltó una carcajada.

–Dudo que se le hubiera ocurrido poner un cebo de metro y medio y que, además, es peluquera. Con mucho talento, debo admitir, *koukla mou* –se apresuró a añadir Apollo, temiendo haber herido sus sentimientos. No quería que interpretase el recordatorio de sus humildes orígenes como un insulto–. Como cebo has demostrado ser tan eficaz como un torpedo en la línea de flotación.

¿Así era como la veía, como algo destructivo? ¿Por qué? ¿Porque le había confiado la historia con su perversa madrastra o porque le había mostrado su lado más vulnerable? No lo entendía. Contándole todo eso había demostrado ser alguien digno de ser amado, pensó, entristecida.

Capítulo 9

DEBERÍAS CAMBIARTE antes de desembarcar –sugirió Apollo–. La prensa estará esperando en el puerto.

–¿La prensa? –repitió Pixie, atónita–. ¿Por qué están esperando?

–Envié un comunicado sobre nuestro matrimonio la semana pasada –admitió él–. Querrán fotografías y no veo por qué no vamos a ser generosos.

–Pensé que Nexos era una isla privada –dijo Pixie, desconcertada ante la idea de posar para las cámaras.

–Lo es, pero no tan privada como lo era cuando vivía mi abuelo. Los isleños necesitan ganarse la vida y mi padre empezó a permitir la entrada de turistas hace veinte años. Yo aceleré el proceso construyendo un resort al otro lado de la isla –le explicó–. Los años en los que los isleños vivían de la pesca han quedado atrás. Lógicamente, sus hijos quieren una vida mejor.

–Aunque eso sea una molestia para ti –comentó Pixie, sorprendida.

–La villa es muy segura, así que no tengo que ver a nadie si no quiero. Además, la gente que vive aquí necesita saber que hay un futuro para sus hijos o las generaciones más jóvenes se marcharán de aquí. Mi padre no entendía esa realidad.

Con un pantalón rosa, camisa clara y una pamela a la que tuvo que agarrarse para que no se la llevara el viento, Pixie subió a la lancha. Veinte minutos después llegaron a las aguas turquesas del puerto y se le hizo un nudo en la garganta al ver a la gente que esperaba para saludarlos. Siendo la mujer del famoso Apollo Metraxis, debían pensar que era una persona importante, una rica heredera o una modelo.

–No respondas a ninguna pregunta y no hagas caso a las cámaras –le aconsejó Apollo, tomándola en brazos para subir al muelle antes de que ella pudiese protestar.

Los guardaespaldas de Apollo se pusieron en acción para mantener a los fotógrafos a distancia y, con la indolente calma de un hombre acostumbrado a que la prensa invadiera su intimidad, Apollo la dejó en el suelo y le pasó un brazo por los hombros. Intercambió saludos en griego con varias personas, pero no se detuvo en su camino hacia el coche que los esperaba con el motor encendido.

Pixie, sin embargo, no se había sentido más incómoda en toda su vida. Se sentía intimidada por las preguntas de los fotógrafos y por todas esas miradas clavadas en ella. Sospechaba que debía ser una decepción para la gente que se había reunido allí y solo cuando estuvieron en el interior del coche pudo respirar de nuevo.

–¿Lo ves? No ha sido tan horrible –bromeó Apollo.

–Te aseguro que para mí no ha sido agradable. No estoy acostumbrada a que me observen y saber que nuestro matrimonio es falso no me da ninguna confianza.

–¿Cuándo vas a hacerme caso? Eres mi esposa legalmente.

Pixie suspiró para calmar sus nervios y giró la cabeza para mirar por la ventanilla. Apollo le había demostrado que una esposa legal seguía sin ser una esposa de verdad.

–Y nunca saldrás de nuestra finca sin guardaespaldas, ¿de acuerdo? Ni siquiera para dar una vuelta por el pueblo.

«Nuestra finca», pensó Pixie. Pero enseguida le restó importancia. Lo había dicho sin darse cuenta o tal vez para hacer que se sintiera más cómoda. No significaba nada.

–¿Es necesaria tanta seguridad?

–Siempre existe el riesgo de que haya fotógrafos en el pueblo o incluso algún turista que quiera aprovecharse, pero mi equipo de seguridad está bien entrenado. Ellos se encargarán de que nadie te moleste.

Recorrieron una carretera flanqueada por olivares y viñedos y, poco después, llegaron a una villa de piedra blanca sobre la colina. Era grande, pero no tanto como el enorme *palazzo* de Vito en la Toscana y, en realidad, eso era un alivio.

Uno de los guardaespaldas sacó el trasportín de Hector y el terrier salió corriendo a esconderse entre sus piernas, aliviado al haber sido liberado de su prisión.

Entraron en el vestíbulo de mármol, con escaleras a ambos lados y una opulenta lámpara de araña. El ama de llaves, Olympia, una mujer de mediana edad vestida de negro con un delantal banco, salió a saludarlos y Apollo se quedó charlando con ella en griego mientras Pixie sucumbía a la curiosidad y cruzaba el vestíbulo para echar un vistazo a los salones. Nunca había visto tantos muros blancos en su vida, ni unos muebles tan aburridos. El interior parecía una casa piloto.

Apollo frunció el ceño al ver su expresión.

–Si no te gusta, puedes cambiar la decoración. Cuando mi padre se puso enfermo hice que la pintaran y quitasen todos los cuadros y muebles.

–¿Por qué?

–Porque cada una de sus mujeres tenía una idea diferente de la decoración y la casa era una horrible mezcla de estilos y colores. Ven, te la enseñaré.

Apollo la llevó de habitación en habitación, pero había poco que ver porque no había fotografías ni adornos, solo algún jarrón con flores.

–Pensé que sería más grande –le confió ella mientras subían por la escalera–. Holly me dijo que tenías muchos parientes.

–Los amigos usan la casa para invitados que hay detrás de la villa. Mi abuelo y mi padre preferían que solo los parientes se alojasen aquí... bueno, salvo Vito porque él es lo más parecido a un hermano –admitió Apollo–. Pero no se lo digas o se le subirá a la cabeza.

Pixie rio mientras entraban en un espacioso dormitorio. Las pálidas cortinas se movían con la brisa del mar y salió al balcón para disfrutar de la hermosa vista del mar. Y entonces entendió por qué el abuelo de Apollo había elegido aquel sitio para construir el hogar de su familia.

–Es maravillosa –murmuró–. Pero este sitio necesita cuadros, fotografías y otros muebles para parecer un hogar.

–Los cuadros están guardados en el sótano, pero me gustaría que consultases conmigo antes de colgar nada –dijo Apollo–. Hay retratos de las exmujeres de mi padre que no tengo el menor deseo de volver a ver.

Pixie puso la mano en la suya.

–Esta es nuestra casa. Las exmujeres de tu padre se han ido y no volverán, así que olvídate de ellas.

Él soltó una amarga carcajada.

–Solo si consigo tener un hijo... y quién sabe si eso es posible.

Pixie estaba tan contenta que no pudo contenerse.

–Hay una posibilidad de que sea este mes. No te emociones demasiado, pero tengo un retraso...

Apollo la miró, transfigurado.

–¿Y no me lo has dicho hasta ahora? –exclamó, incrédulo.

–Porque no debemos hacernos ilusiones. Podría ser una falsa alarma.

Él sacudió la cabeza, como si no pudiera entender su actitud, mientras sacaba el móvil del bolsillo y hablaba con alguien en griego.

–El doctor Floros vendrá a hacerte una prueba esta tarde –le dijo después de cortar la comunicación.

–Pero solo llevo unos días de retraso –protestó Pixie.

–Hasta yo sé que eso es suficiente para averiguar si estás embarazada o no. ¿Por qué esperar?

«Bueno, has abierto la boca cuando no deberías», pensó Pixie. Apollo se llevaría una desilusión o una alegría. Ya no estaba en sus manos.

–Tienes que aprender a compartir las cosas conmigo –dijo él con voz ronca.

–¿No acabo de hacerlo?

–Pero lo sabes desde hace unos días y no me has dicho nada, *koukla mou*. En cuanto algo te preocupe, quiero que me lo cuentes.

Intentaba disimular, pero estaba angustiado. No había querido pensar en una realidad que conocía bien: que algunas mujeres morían durante el parto, como le había ocurrido a su madre. Su padre, que idolatraba a su mujer, nunca había podido superar su pérdida porque el que debería haber sido el momento más feliz de su vida, el día que se convirtió en padre, había sido el más triste.

–¿Qué ocurre? –preguntó Pixie al ver su expresión tensa.

–Nada, se me había olvidado que tengo que hacer unas llamadas –respondió Apollo–. ¿Te importa quedarte sola un rato?

–No, claro que no.

Apollo bajó por la escalera como un león hambriento en busca de su presa. Si Pixie estaba embarazada no daría a luz en casa, decidió. Iría a un hospital perfectamente equipado quisiera ella o no y tendría siempre un equipo médico a mano. No pensaba arriesgarse porque sabía que algo inesperado podría ocurrir durante el parto, pero no le diría nada. No quería que estuviese tan preocupada como lo estaba él en ese momento.

Se había casado con Pixie para tener un hijo y cuando esa posibilidad se hacía realidad de repente estaba angustiado. Era tan pequeña... y el bebé podría ser tan grande como lo había sido él.

Definitivamente, necesitaba una copa.

Pixie estaba tomando una taza de té en la terraza, pensativa. Era evidente que Apollo no estaba tan contento con la idea de convertirse en padre como ella de convertirse en madre. Había desaparecido en cuanto le dio la noticia y no podía ir a buscarlo como haría una esposa normal porque no quería que pensara que lo necesitaba.

Poco después llegó el doctor Floros, un hombre de mediana edad y expresión alegre, al contrario que la de Apollo, que estaba más serio que nunca. Tal vez la idea de tener un hijo era demasiado complicada para un mujeriego como él, razonó mientras desaparecía en el segundo piso para hacerse la prueba. Pero sería una tontería por su parte pensar que había perdido el entusiasmo por la idea de ser padre.

–Mi mujer es muy pequeña –comentó Apollo mientras esperaban a Pixie.

–La naturaleza tiene muchas maneras de solucionar esos problemas –le aseguró el doctor Floros–. Pero si el resultado es positivo le haré un análisis de sangre.

Pixie vio cómo la banda cambiaba de color, pero como las instrucciones estaban en griego no sabía qué era positivo y qué negativo y tuvo que volver con los dos hombres sin conocer la respuesta.

El doctor Floros sonrió.

–¡Enhorabuena!

La confirmación de que iba a ser madre hizo que se le doblasen las rodillas. Pero Apollo estaba inmóvil, muy serio, como si todo aquello no fuera con él. Y le gustaría abofetearlo por ello. El doctor Floros le dijo que iba a hacerle un análisis de sangre y Pixie tragó saliva porque no le gustaban las agujas.

–¿Te encuentras bien? –le preguntó Apollo, tomándola por la cintura.

No, no se encontraba bien y tuvo que dejarse caer en un sofá, mareada.

–No mires la aguja –la animó él, apretando su mano como si estuviera ahogándose.

Cuando el doctor Floros se despidió, Pixie miró a su marido con expresión seria.

–Podrías decir algo.

Él frunció el ceño.

–¿Sobre qué?

–Bueno, solo hemos tardado seis semanas... podrías mostrar cierta alegría –respondió Pixie, sin poder disimular su decepción.

–Estoy contento –le aseguró él, en un tono que no la convenció–. Pero si el embarazo te pone enferma, no me hace tanta gracia. La verdad es que me he asustado.

–Yo tampoco lo he pasado bien precisamente. Pero no te preocupes, no voy a ponerme enferma. Solo ha sido un mareo...

–Por suerte tenemos ascensor, así no tendrás que subir las escaleras.

–¿Esperas que use el ascensor para subir una planta? ¿Estás loco?

–Podrías caerte por la escalera –replicó Apollo con total seriedad.

–Vaya, qué positivo –se burló ella, apoyando la cabeza en el respaldo del sofá e intentando imaginarse como madre. No iba a dejar que la falta de entusiasmo de Apollo le robase la alegría. Iba a tener un bebé, un precioso bebé que sería suyo... bueno, de los dos. No podría retener a Apollo, pero sí a su hijo. Se sentía feliz... feliz de verdad y sospechaba que sería un consuelo en el futuro, cuando Apollo ya no formase parte de su vida.

Primero habría un divorcio, claro, se recordó a sí misma. Luego tendría que acostumbrarse a verlo fotografiado con otras mujeres en las revistas, sabiendo que compartían su cama... sabiendo lo que hacía con ellas. Sin duda, la llamaría por teléfono para saber cómo estaba su hijo y de vez en cuando los visitaría en persona. Todo sería muy civilizado y amable, pero ella sabía que perderlo le rompería el corazón en mil pedazos.

Apollo miró las lágrimas que rodaban por el rostro de Pixie. No le hacía ilusión estar embarazada y se preguntó por qué había esperado que fuese de otro modo. Sabía que le gustaban los niños, pero aquellas no eran en las circunstancias ideales para tener un hijo. Tendría que criarlo sola y tal vez se sentía atrapada porque a su edad la mayoría de las mujeres eran solteras y libres como el viento.

Apollo sintió un escalofrío al imaginar a Pixie reclamando su independencia después del divorcio y saliendo con otro hombre, acostándose con otro hombre. No, esa era una imagen que no podía soportar. Se sentía extrañamente posesivo con ella, tuvo que admitir, tan cansado como si hubiera escalado una montaña. Que Pixie estuviese embarazada era muy estresante. No, peor que estresante, aterrador, pensó, consternado. ¿Era normal para un padre primerizo estar tan asustado? Apollo intentó negar esa reacción. Él no se asustaba de nada.

—Por cierto, voy a organizar una fiesta en un par de semanas —anunció para cambiar de tema—. Está todo preparado desde hace un mes.

—Ah, gracias por contármelo —dijo Pixie, sarcástica.

—He invitado a familiares y amigos para celebrar nuestro matrimonio y he decidido que sea una fiesta de disfraces.

—Qué bien —murmuró ella mientras apoyaba la cara sobre un cojín.

—Yo mismo me he encargado de los disfraces —siguió Apollo, esperando que se lo agradeciese.

—Todo tiene que hacerse a tu manera —susurró Pixie—. No te preocupes, sabía que eras un maniático del control el día que me casé contigo.

Apollo miró a Hector, que estaba sentado en la alfombra con expresión preocupada. «Tú y yo, amigo», pensó mientras se preguntaba si Pixie podría caerse del sofá y hacerse daño. Por primera vez en su vida, la preocupación lo hundía como un nubarrón que ocultase el sol. Nunca había tenido que preocuparse por nadie, pero en ese momento tenía una esposa y estaba esperando un hijo. Era extraordinario, pero de repente y de forma inexplicable, haber conseguido el embarazo exigido en el testamento de su padre ya no le parecía un logro sino más bien un regalo envenenado.

Apollo se tumbó a su lado al amanecer, aunque Pixie estaba convencida de que había decidido no volver a compartir cama con ella. Lo había oído entrar en la ducha, lo había visto acercarse desnudo a la cama y había sentido el calor de su cuerpo, pero no se atrevía a decir nada.

Apollo se tumbó en la cama en silencio, irritado por el latido en su entrepierna. Pixie estaba embarazada. Su estado era frágil, de modo que no debería ni pensar en ello, pero cada vez que hacían el amor era como si se encendiera un fuego en su interior; un fuego que solo ella podía apagar. Y saber eso lo turbaba. Él siempre había visto el sexo como una diversión, un pasatiempo, algo que siempre estaba disponible para él, y nunca se había concentrado en una mujer en particular. Su vida había sido maravillosamente simple. Veía a una mujer que le gustaba, disfrutaba con ella durante un tiempo y cuando se aburría pasaba a la siguiente. Pero, por alguna razón, no se aburría con Pixie... y experimentaba sentimientos que no quería experimentar.

Pixie fue acercándose poco a poco y cuando deslizó una mano por el magnífico torso masculino sonrió al sentir que los músculos se movían.

Apollo se volvió hacia ella con los ojos brillantes.

–No deberíamos –susurró.

–No seas tonto –dijo Pixie, bajando la mano hacia el largo y protuberante miembro–. Estoy embarazada, no voy a romperme.

Apollo dejó escapar un gruñido cuando la vio inclinar la cabeza para administrarle una potente invitación. Y así de rápido, su una vez famoso autocontrol se rompió como un dique, provocando un torrente incontenible. Tiró de Pixie hacia arriba con repentina impaciencia y buscó su boca apasionadamente.

–Esto me gusta más –comentó ella con satisfacción mientras enredaba los dedos en su pelo húmedo. Se sentía ligera como el aire ante la confirmación de que aún la deseaba. Sabía que era un hombre joven y sano, y que normalmente le apetecía el sexo, pero decidió concentrarse en la convicción de que el embarazo no había matado su deseo como había temido.

–Solo hay una forma de que esto pueda continuar –anunció Apollo, apoyándola sobre las almohadas–. No te muevas... yo haré todo el trabajo, *koukla mou*.

Y fue asombroso, pensó Pixie mucho después, cayendo en un largo y gratificante sueño. Claro que siempre era asombroso con él.

Apollo la abrazó mientras dormía y se maravilló de lo natural que le resultaba abrazarla. ¿Cómo había podido creer que sería capaz de alejarse después de saber que iba a ser padre? ¿Cómo había podido pensar que podría vivir separado de ella y de su hijo?

La arrogancia de esas suposiciones destrozaba la imagen que tenía de sí mismo y, mientras recordaba los buenos momentos con su padre cuando era un niño, por fin entendió el deseo de Vassilis Metraxis de asegurar la continuación del apellido familiar. Y también entendió que alejarse de la vida de su hijo sería imposible porque no podría vivir consigo mismo.

Capítulo 10

TRES SEMANAS después, Pixie se levantó de la cama medio dormida cuando su móvil empezó a sonar. Habían pasado cuarenta y ocho horas desde que Apollo se marchó a Londres en viaje de negocios y le habría acompañado si la casa no fuera un caos de preparativos para la fiesta, que tendría lugar al día siguiente. Con el ama de llaves, Olympia, presentándole problema tras problema, por fin había entendido que debía quedarse en Nexos para organizar la fiesta.

–Tonterías –había dicho Apollo con su habitual arrogancia–. El servicio ha organizado estos asuntos durante años. No tienes por qué quedarte.

Pero durante esa conversación Pixie había tenido que ir al baño a vomitar, y ese era otro problema. Un viaje en avión en sus condiciones sería insoportable y, además, no quería que Apollo viera esa parte tan desagradable del embarazo. Las náuseas matinales parecían atacarla a todas horas del día y había decidido usar la fiesta como excusa porque no quería que Apollo supiera lo mal que se encontraba. Sabía que debería compartir su sufrimiento con él porque era un adulto, pero no quería que estuviese pendiente de ella todo el tiempo y no le gustaba que la tratase como si fuese una inválida.

En cualquier caso, esa misma tarde le harían la

primera ecografía y pensaba preguntarle al ginecólogo por qué estaba siendo todo tan complicado.

—¿Pixie? —escuchó la voz de Holly al otro lado. Su amiga lanzó una larga parrafada, pero Pixie estaba aún medio dormida.

—¿Qué? Lo siento, no he entendido nada...

—Has leído ese estúpido artículo, ¿no? ¿Qué te pasa? ¿Has estado llorando?

La frente de Pixie se cubrió de un sudor frío mientras intentaba controlar las náuseas. Sería más fácil admitir que estaba embarazada, pero su mejor amiga llegaría al día siguiente para la fiesta y quería darle la noticia en persona.

—¿Qué artículo?

—Vito dice que no es verdad... bueno, con esa chica en particular.

—¿Puedo llamarte dentro de un momento? —Pixie tuvo que cortar la comunicación para correr al baño.

Después, apoyando la frente en la fría encimera de mármol, intentó reunir energía para apretar los dientes No sabía que un embarazo pudiera ser tan penoso. Holly había tenido náuseas y mareos durante el suyo, pero nada parecido a aquello.

¿Y a qué se refería Holly con el «estúpido artículo»? ¿Algún artículo en una revista sobre Vito? No, claro que no. ¿Por qué iba a llamarla a ella para contarle eso? ¿Y por qué había pensado su amiga que estaba llorando? Entonces, como si tuviera una premonición, tomó su Tablet de la cama y tecleó el nombre de Apollo en el buscador. Sabía por experiencia que podía encontrar fotografías de ella llegando a Nexos en las que parecía un pajarillo, con una enorme pamela que ocultaba su cara casi por completo, pero no era eso lo que buscaba.

Un segundo después encontró una fotografía de Apollo con el siguiente pie: *Genio y figura, el mismo de siempre*. Con el corazón en la garganta, Pixie leyó el artículo:

El recién casado Apollo Metraxis ha sido visto entrando en un edificio londinense con una bella joven y saliendo con ella a la mañana siguiente.

Durante unos segundos, Pixie pensó que iba a volver a vomitar, pero hizo un esfuerzo para contener las náuseas.

¿Qué había esperado que pasara unos meses después de la boda? No tenía importancia, se dijo a sí misma, soltando la Tablet para entrar en la ducha. Apollo había dicho que intentaría serle fiel, pero había encontrado «entretenimiento» la primera vez que se separaban y eso dejaba claro que ella no era más importante o especial para él que cualquier otra mujer. ¿Cómo iba a ser de otra manera?

Izzy Jerome, una modelo famosa recién descubierta, era una chica bellísima de largo cabello rubio y piernas interminables, el tipo de Apollo en todos los sentidos. Pues muy bien, no pensaba montar una escena ni hacer ninguna tontería. Era hora de volver al acuerdo original y recordar que no eran marido y mujer de verdad. Al menos de ese modo salvaría su orgullo, razonó, desesperada cuando un sollozo escapó de su garganta.

Pero no iba a llorar por Apollo porque no merecía sus lágrimas. Era un hombre egoísta y frívolo, y siempre había sabido que tarde o temprano la traicionaría.

Su móvil empezó a sonar de nuevo, pero no hizo caso. Se sentó en el suelo de la ducha, dejando que el agua cayese sobre su cabeza y se llevase sus lágrimas. No estaba preparada para recibir a Apollo con los ojos llorosos ni para que él supiera cuánto le había dolido esa traición.

Por fin, su fuerza de voluntad triunfó sobre las lágrimas. Cerró el grifo de la ducha y tomó una toalla para secarse, pero unos minutos después se encontró vomitando de nuevo. Desolada, se tumbó en el frío suelo durante unos minutos, con Hector a su lado.

En realidad, Apollo le había hecho un favor, pensó, sintiéndose peor que nunca. Su cuerpo ya estaba cambiando: sus pechos se habían hinchado, tenía la cintura más ancha y su estómago ya no era plano. Apollo habría perdido interés por ella en unos días y era mejor que ocurriese antes que después.

Tendría que aprender a ser independiente otra vez porque su hijo necesitaría que fuese fuerte y valiente. Tendría que afrontar el dolor y olvidar a su falso marido. Apollo no la amaba, nunca la había amado. La única mujer a la que había amado era una perversa madrastra que se había aprovechado de él cuando era un crío inmaduro, destruyendo su confianza en las mujeres y su capacidad de amar. Era comprensible que nunca hubiese tenido una relación sentimental seria.

Lenta y torpemente, Pixie se levantó del suelo y empezó a secarse el pelo. Apollo llegaría en unas horas con el ginecólogo londinense y el amor propio le decía que debía disimular. ¿Cómo podía haberse enamorado locamente de un hombre capaz de romperle el corazón? ¿Cómo podía ser tan tonta?

Y lo peor era que tendría que soportar esa estúpida fiesta. Y las navidades, pensó entonces. Habían sido invitados a pasarlas con Vito y Holly en la Toscana, pero no pensaba ir. No iba a arruinar las vacaciones de su amiga apareciendo como una mujer traicionada y dolida que no tenía ningún otro sitio al que ir en Navidad. Y Apollo seguramente las pasaría con Izzy Jerome.

Embutiéndose en una falda estrecha, Pixie parpadeó para contener las lágrimas. ¿Por qué estaba engordando tan rápidamente? Según lo que había leído sobre el embarazo, debería engordar de formar gradual, no como si se hubiera comido un equipo de fútbol.

Apollo, en el aeropuerto de Londres, paseaba frente a su jet privado mientras hablaba con Vito por teléfono. ¿Quién hubiera podido imaginar que el matrimonio sería tan estresante? Su vida antes de Pixie le parecía fresca como el viento, un tiempo de inmadurez y egoísmo. Entonces nada lo molestaba demasiado, ni los escándalos, ni las buscavidas, ni siquiera los rumores y cotilleos sobre su estilo de vida. No tenía que darle explicaciones a nadie ni defender su reputación porque le daba igual lo que pensaran los demás. Pero todo había cambiado porque tenía que pensar en Pixie. Tenía una mujer embarazada y vulnerable que, además, desconfiaba de él.

–Deberías haber imaginado que eso podía pasar –estaba diciendo Vito–. Y ahora que has conseguido tu objetivo y Pixie está embarazada no sé si te importa.

Apollo frunció el ceño, molesto.

–Claro que importa –respondió–. Por supuesto que importa. No quiero hacerle daño.

–Vaya, eso no lo esperaba.

–Mira, hablaremos mañana –Apollo cortó la conversación, malhumorado.

Estaba angustiado, pensando cosas que no había pensado nunca, sintiendo cosas que no se había permitido sentir y el resultado era un estado mental peligrosamente cercano al pánico. Poco después subió al jet con el ginecólogo londinense y una enfermera... otra fuente de preocupación, pensó. El doctor Floros había sugerido que llamase a un especialista cuando el resultado del análisis de sangre dio una cuenta inesperadamente alta de glóbulos blancos y la ecografía revelaría si había alguna razón para preocuparse.

¿Cuándo se había vuelto su vida tan complicada? Recordó entonces el día de su boda. Pero no, razonó, había empezado antes. Desde el día que Pixie le dio un puñetazo todo había sido diferente. Su mujer no se dejaba impresionar por él... salvo en la cama, tuvo que admitir, esbozando una sonrisa.

Al contrario que otras mujeres, Pixie lo trataba como a un igual. Lo juzgaba por las mismas reglas que aplicaba a los demás, no inventaba excusas para su comportamiento ni lo trataba con guantes de seda. No creía que su dinero le diese derecho a un trato diferente. De hecho, exigía más de él que cualquier otra mujer, pero nunca dinero o regalos. Apollo había descubierto que el dinero y los regalos no significaban nada y que lo que Pixie esperaba era más de lo que él estaba dispuesto a dar.

Durante el vuelo que lo llevaba de vuelta a Nexos recordaba a Pixie saltando de alegría después de lanzarse de cabeza desde la cubierta del *Circe*. La recordaba mirando el mar con expresión soñadora mientras el sol se escondía tras el horizonte, diciendo: «no sabes lo afortunado que eres de poder ver esto cada

día». La recordaba paseando por el pintoresco pueble-
cito de Nexos, admirando las flores, los gatos, mirando a los pescadores sacar de sus barcas la pesca
del día, emocionada por todo. Ella hacía que todo
fuera nuevo, fresco, tuvo que reconocer Apollo, asombrado. Ella hacía que lo viese todo como si fuera
nuevo para él.

Pixie intentaba disimular su angustia mientras bajaba la escalera para recibir a Apollo y al equipo médico. Se negaba a mirar directamente a su marido,
pero por el rabillo del ojo vio que llevaba un elegante
traje de lino beige y una camisa blanca. Mientras el
doctor Rollins y su enfermera lo preparaban todo en
el salón, Olympia llevó una bandeja de té y galletas a
la terraza.

–Pixie... –empezó a decir Apollo, habiendo demostrado una paciencia inusual en un hombre tan impaciente–. ¿Podemos hablar un momento?

«De eso nada», le hubiera gustado gritar, pero se
contuvo. No habría discusiones sobre Izzy Jerome o
sobre la promesa que había hecho de intentar serle
fiel. Lo hecho, hecho estaba y no había nada más que
decir. Lo único que tenía que hacer era cumplir con
las condiciones de su contrato prematrimonial.

–En tu despacho –sugirió.

No se había afeitado, pero la sombra de barba y el
pelo un poco alborotado le daban un aspecto aún más
atractivo. Era sexy como el pecado y Pixie experimentó una punzada de deseo, sintiendo que le ardía la
cara. ¿Cómo podía seguir excitándola cuando la había
engañado con otra mujer? Se odiaba a sí misma mientras se abría paso entre un montón de empleados que

colocaban sillas en el salón de baile, donde tendría lugar la fiesta.

La mera idea de tener que acudir a la fiesta hacía que se pusiera enferma. Todos los invitados acudirían para ver a la esposa de Apollo Metraxis sabiendo que se acostaba con otra mujer. Y, sin embargo, Pixie tendría que fingir que no pasaba nada porque eso era lo que había acordado cuando decidió casarse con él. Por suerte, ese fingimiento le permitiría mantener cierta dignidad, pensó.

Le gustaría ponerse a gritar y, a juzgar por las miradas que lanzaba sobre ella, parecía esperar que montase una escena, pero estaba decidida a no ponerse a su nivel. Apollo era el padre de su hijo y, le gustase o no, seguiría siéndolo en el futuro, de modo que no iba a rebajarse revelando que había cometido el error de enamorarse.

—Me alegro de que tengamos la oportunidad de charlar antes de que el doctor Rollins te haga la ecografía —murmuró Apollo, sin mirarla a los ojos.

¿Estaba avergonzado? No, Apollo Metraxis no se avergonzaba de nada. Seguramente estaba agradecido de que ella no montase una escena.

Pixie se colocó frente a una ventana para mirar el mar y se aclaró la garganta.

—Quiero que nos separemos...

—No —la interrumpió él inmediatamente.

—Está en el acuerdo que firmamos —le recordó ella—. Una vez que quedase embarazada podríamos vivir vidas separadas y quiero volver a Reino Unido en cuanto sea posible.

Apollo tragó saliva. Sí, eso estaba en el acuerdo que habían firmado porque antes de casarse con ella había pensado que querría recuperar su libertad lo antes posible. ¿Cómo podía haber sido tan idiota? ¿Cómo podía haber estado tan ciego?, se preguntó.

–Eso es precisamente lo que no quiero.

Pixie clavó en él sus ojos grises.

–Me da igual lo que tú quieras.

–¿No vas a darme la oportunidad de darte una explicación?

–No me apetece perder la paciencia –admitió ella con voz ronca, aunque por dentro estaba rompiéndose. Lo odiaba y, sin embargo, seguía queriendo estar a su lado. Lo detestaba por haberla traicionado y, sin embargo, su débil y lujurioso cuerpo aún respondía a la loca atracción que sentía por él. La idea de no verlo durante meses le rompía el corazón, pero ella sabía la diferencia entre el bien y el mal y también que debía poner límites para sentirse segura.

Y ya no podría sentirse segura con un hombre infiel. Daba igual que solo hubiera ocurrido una vez. Lo que importaba era que había cometido el error de pensar que su matrimonio era un matrimonio de verdad... porque lo amaba. Pero Apollo no le había pedido amor e incluso le había advertido que serle fiel sería difícil para él. Se había enamorado a pesar de todo, de modo que era culpa suya.

–Esto es una locura –dijo Apollo con voz ronca, poniendo las manos sobre sus hombros–. Ni siquiera quieres mirarme.

–Es mejor que no te mire.

–Tú no eres así. Sé que tú no eres así –insistió él, frustrado–. Grítame, dame una patada... cualquier cosa.

–¿Por qué iba a hacer eso? –Pixie intentó esbozar una sonrisa–. Hemos disfrutado de un acuerdo beneficioso para los dos. Mi hermano ya no tiene deudas, yo estoy esperando el hijo que siempre había deseado y tú puedes volver a tu vida de soltero.

Apollo apartó las manos de sus hombros y las dejó caer a los costados porque no quería discutir ni disgustarla.

–El doctor Rollins ya estará listo para hacerte la ecografía –murmuró.

Pixie se mordió el labio inferior, culpándolo por haber destrozado la ilusión de la ecografía con su traición. Pero tal vez ver al bebé en la pantalla podría curar la agonía en su interior. Le dolía tanto perder a Apollo. Le dolía no poder tocarlo, besarlo.

Le gustaría contarle que había ido al centro de rehabilitación para animales que había a las afueras del pueblo y había visto un perrito parecido a Hector. Había querido contárselo porque se había acostumbrado a compartirlo todo con él. De hecho, se había acostumbrado a tratarlo como a su mejor amigo y esa era una revelación terrible. ¿Qué había sido de su amor propio?, se preguntó.

Pixie subió a la camilla y tiró hacia abajo de su falda mientras la enfermera le explicaba lo que iban a ver. También le habló del análisis de sangre y eso la sorprendió. Al parecer, el doctor Rollins había consultado con el doctor Floros y se preguntó por qué.

Pixie tembló al sentir el frío gel sobre su abdomen y cerró los ojos cuando Apollo apretó su mano. Un momento después escuchó el asombroso latido del corazón de su hijo y sonrió, asombrada. Pero un segundo después el sonido pareció duplicarse.

–Dos bebés, señora Metraxis –dijo el doctor Rollins.

–¿Dos? –repitió ella, atónita.

–Mellizos. Sospechaba que sería un embarazo doble al ver los resultados del análisis de sangre...

Incrédula, Pixie clavó los ojos en la pantalla mientras el ginecólogo señalaba la forma de los dos bebés. Iba a tener dos hijos, no solo uno. Era una revelación tan formidable que no sabía si podía hacerse a la idea. Y luego se preguntó si eso explicaba las continuas náuseas y los cambios físicos en su cuerpo.

Apollo estudiaba la pantalla con expresión horrorizada. ¿Dos hijos? ¿Dos bebés peleándose por compartir espacio dentro del diminuto cuerpo de Pixie? ¿Cómo podía ser? Eso tenía que ser peligroso.

Pixie liberó su mano porque Apollo la apretaba tanto que le hacía daño. No parecía contento. Pero, claro, ¿por qué iba a estarlo? Solo necesitaba un hijo, no dos. La enfermera retiró el gel de su abdomen con un pañuelo de papel y la ayudó a sentarse en la camilla para hacerle un nuevo análisis de sangre. Pixie cerró los ojos en cuanto vio la aguja y Apollo apoyó las manos sobre sus hombros.

El doctor Rollins le explicó que tener náuseas frecuentes era algo que solía ocurrir en embarazos dobles, pero le aseguró que se calmarían al final del primer trimestre. Mencionó también que los mellizos tenían cada uno su propia placenta y eso disminuía la posibilidad de que hubiera complicaciones.

Unos minutos después, Pixie se despidió mientras Apollo se quedaba hablando con el ginecólogo. Se le había helado la sangre en las venas al escuchar la palabra «complicaciones». Si algo le ocurría a Pixie sería culpa suya. Él había planeado aquel embarazo, había hecho todo lo posible para que ocurriera y, de repente, descubría que podría haber complicaciones. Nunca desde su atribulada niñez se había sentido tan impotente.

Cuando el doctor Rollins y su enfermera subieron

al helicóptero para volver al aeropuerto, Apollo estaba sombrío y asustado.

Pixie se sentó en la terraza para tomar una taza de té, con Hector a sus pies. Dos hijos, pensaba. Pero después de haber escuchado el latido de esos dos corazones se sentía emocionada y feliz. Tomó un sorbo de té, preguntándose si los mellizos serían idénticos y si serían niño y niña. La verdad, era un gran alivio tener algo en qué pensar que no fuese Apollo.

Pero él salió a la terraza unos minutos después.

–No puedes dejarme ahora –le dijo–. Tengo que ser parte de esto. También son mis hijos, Pixie. Necesito asegurarme de que estás sana y de que cuidas bien de ti misma.

–¿Y qué pasa con lo que yo necesito? –le espetó ella, mirando a aquel hombre alto y bronceado, tan hermoso que parecía irreal.

–Necesitas mi apoyo.

–No te necesito. He sido independiente durante toda mi vida.

Apollo se apoyó en el muro que separaba la terraza del jardín y tiró un juguete a Hector, que saltó por él con evidente alegría.

–No quiero que seas independiente.

–Pues lo siento por ti. Firmamos un acuerdo –le recordó Pixie–. Quedar embarazada era mi carta para salir de esta prisión y pienso utilizarla.

–No estás siendo razonable.

–Me encanta mi vida aquí, pero esta es tu casa, tu isla, y yo no quiero vivir en tu casa o en tu isla –dijo ella.

Apollo tomó aire despacio, practicando una paciencia a la que no estaba acostumbrado.

–Hablaremos de ello mañana, después de la fiesta.

Pixie apartó la mirada, entristecida. Estaba a punto de convertirse en madre soltera, algo que había jurado no hacer jamás. Pero así era la vida; lo tiraba todo por los suelos y había que volver a levantarse para seguir intentándolo. Y mentiría si dijera que no había previsto la ruptura de su matrimonio. Después de todo, estaba en el acuerdo que había firmado.

Apollo se acercó para clavar en ella sus brillantes ojos verdes.

–No quiero que este matrimonio se rompa. No quiero el divorcio –le confesó–. Y no quiero que te vayas de Nexos.

Después de una ruidosa sesión de juegos con su muñeco favorito, Hector corrió hacia Apollo y lo dejó a sus pies.

–Me ha traído el juguete. Por fin me ha traído el juguete –exclamó él, asombrado.

–Nunca he dicho que mi perro tenga buen gusto –murmuró Pixie, que no estaba de humor para ser cautivada.

A la mañana siguiente, el día de la fiesta, Pixie estaba cumpliendo con su rutina habitual de ponerse horriblemente enferma cuando Apollo apareció en el cuarto de baño.

–¡Vete! –gritó, furiosa.

–¿Por qué? –preguntó él, inclinándose para sujetar su pelo mientras vomitaba–. Es mi obligación estar aquí.

–¡Te odio! –dijo ella con tono venenoso. Lo último que quería era que la viese en tal estado cuando no tenía defensas.

Unos minutos después, Apollo la llevó de vuelta a la cama.

–¿Quieres que cancele la fiesta?

–No puedes cancelarla, la mitad de los invitados ya están en camino –respondió ella–. Se me pasará en cuanto llegue Holly.

–No me he acostado con ninguna otra mujer desde que nos casamos –anunció Apollo de repente.

–No te creo –dijo ella, volviéndose para evitar su mirada–. No soy tonta, Apollo. Eso es lo que haces, es quien eres... seguramente no puedes evitarlo.

–¡No es todo lo que soy! –replicó él, con un brillo acusador en sus ojos de color esmeralda–. Lo mínimo que podrías hacer es darme la oportunidad de darte una explicación.

Pixie cerró los ojos. No le tenía miedo, pero en aquel momento no estaba preparada para una confrontación. De hecho, lo único que quería era la presencia consoladora de Holly. Sus ojos se llenaron de lágrimas, pero intentó disimular.

–Izzy es la hermana de Jeremy Slater. Vito y yo fuimos con él al colegio. Aunque no lo conoces, es un buen amigo. Izzy estaba en la cena a la que acudí en Londres y me pidió que la llevase a casa porque no tenía coche. No se me ocurrió pensar que fueran a fotografiarnos –admitió Apollo–. Tampoco fue una sorpresa que los paparazzi estuvieran esperando cuando llegamos porque las revistas del corazón y las páginas de cotilleos de internet están pendientes de todos los movimientos de Izzy.

–Entonces, según tú, solo la llevaste a su casa –dijo Pixie–. ¿Cómo explicas que la fotografiasen contigo por la mañana?

–Durmió allí y me llamó a primera hora para que

fuese a buscarla de camino a la oficina. Estaba esperándome en el vestíbulo y salimos juntos del edificio.

–¿Por qué no intervinieron tus guardaespaldas?

–¿Y qué iban a hacer? Mis guardaespaldas no pegan a los fotógrafos, Pixie –Apollo se pasó las manos por la cara–. Sospecho que Izzy estaba utilizándome para darse publicidad.

Esa explicación no era creíble porque Pixie sabía cuánto detestaba a los paparazzi. Además, ¿desde cuándo no pensaba en todos los ángulos de una situación? ¿No le había parecido raro que lo llamase por la mañana para que fuese a buscarla, como si fuera su chófer? Debería haber imaginado lo que unas posibles fotografías darían a entender: una tomada la noche anterior, otra a la mañana siguiente...

–Lo siento, pero no te creo.

Suspirando, Apollo salió de la habitación dando un portazo y Pixie se sintió... vacía. No sabía que pudiese amar a alguien tanto como amaba a Apollo y tampoco que perderlo podría dolerle tanto que apenas podía respirar. Era una lección que de verdad desearía no tener que aprender.

Había estado despierta durante toda la noche. Apollo seguramente habría dormido en otra habitación y su ausencia la había turbado tanto como su presencia. Era como si estuviese rompiéndose por dentro, dividida entre desearlo y saber que debería olvidarlo para siempre.

Vito y Holly llegaron por la tarde y en cuanto Pixie escuchó la alegre voz de su amiga la llamó desde el piso de arriba, disculpándose por no bajar a recibirlos.

–Estoy embarazada –le contó a Holly–. Y sí, ha sido planeado.

–¿Es por eso por lo que Apollo parece tan preocupado?

–No, creo que está preocupado porque nos han dicho que voy a tener mellizos.

–¡Mellizos! –exclamó Holly, emocionada–. Pero eso es maravilloso.

Bajaron por la escalera de servicio y tomaron un refresco en el patio, con el cantarín ruido de la fuente como música de fondo.

–Vito me ha hablado de las condiciones del testamento –le confió su amiga.

Pixie dejó escapar un suspiro.

–Era de esperar.

–Y te has saltado las reglas, ¿verdad? Te has enamorado.

Ella se limitó a asentir con la cabeza y su amiga suspiró.

–Quería un hijo y pensé que Apollo podría ser mi única oportunidad de tenerlo –admitió Pixie después–. Pero vamos a separarnos después de la fiesta.

–¿En serio? Piénsalo bien, cariño. Vito, que conoce bien a Apollo, dice que no se acostó con Izzy Jerome.

–¿Cómo lo sabe?

–Es la hermana pequeña de Jeremy y las hermanas son intocables para ellos. No creo que haya pasado nada. Es muy joven, casi una adolescente.

–Eso da igual. Lo mejor es que nos separemos. Además, eso era lo que habíamos planeado desde el principio.

Holly sacudió la cabeza.

—No puedo creer que firmases ese acuerdo. Pensé que lo odiabas.

Pixie no dijo nada porque tenía un sabor amargo en la boca. Unos días antes había pensado contarle a su amiga que Apollo no era como ella creía, pero su traición había demostrado que estaba equivocada. En realidad, seguramente había idealizado a Apollo para justificar que se había enamorado de él.

—Déjame ver lo que vas a ponerte esta noche —intentó animarla Holly.

Pixie se levantó para mostrarle un vestido largo de color rojo.

—Lo ha diseñado Apollo y no me gusta mucho. Es un poco atrevido, ¿no te parece? No tengo ni idea de qué va a ponerse él.

Holly pasó los dedos por el encaje rojo del corpiño.

—Parece el vestido de la novia de un gánster.

—Bueno, al menos no tiene alitas de hada —bromeó Pixie—. Además, me ha traído una joya carísima de Londres y espera que me la ponga.

Pixie abrió una caja que había sobre la mesilla y Holly dejó escapar una exclamación al ver el fabuloso collar de rubíes con pendientes a juego.

Pixie miró el vestido rojo de nuevo. Había algo en ese vestido que le resultaba extrañamente familiar, pero no podría decir qué era.

Una hora después, mientras se ponía el vestido, pensó que era una suerte estar embarazada porque al fin tenía el pecho con el que siempre había soñado. Pero, como su matrimonio con Apollo, era solo una ilusión porque en cuanto diese a luz seguramente volvería a tener el pecho plano.

Apollo entró en la habitación y se detuvo de golpe

para mirarla. Iba vestido de pirata, con unas botas negras hasta la rodilla, una camisa blanca con volantes y una espada. Estaba fantástico, espectacular e irresistiblemente sexy.

–Supongo que yo soy la mujer del pirata –sugirió Pixie.

–El tesoro del pirata –la corrigió él–. Pero no te has puesto el collar –añadió, sacándolo de la caja–. Era de mi madre. Nadie se lo ha puesto desde que ella murió y he hecho que lo limpiasen para ti en Londres.

Pixie se puso los pendientes, que brillaban como el fuego cada vez que movía la cabeza.

–Gracias –dijo, sin mirarlo, mientras salía de la habitación.

Con sorprendente formalidad, Apollo le presentó a sus innumerables tías, tíos y primos y Pixie se maravilló de su aparente calma y su actitud cariñosa. Estaba portándose como un marido enamorado. Nadie hubiera podido imaginar que ese sueño ya estaba enterrado. Porque había sido un sueño, se recordó a sí misma; uno que nunca convertiría en realidad con Apollo Metraxis en el papel principal.

Vestido como un pirata era la fantasía perfecta. Su arrogante postura, esos hombros tan anchos en contraste con la estrecha cintura y los fuertes muslos... su corazón se aceleraba solo con mirarlo y esa debilidad la enfurecía.

Apollo, mientras tanto, estaba de un humor de perros. La fiesta iba perfectamente, pero no debería haber perdido el tiempo intentando ser alguien que no era. ¿Desde cuándo era romántico? ¿Qué sabía él de ser romántico? Y, en cualquier caso, que Pixie no se hubiera dado cuenta de lo que representaban los disfraces le decía todo lo que tenía que saber. Había hecho que copiasen los disfraces de la portada de la novela que encontró en su apartamento el primer día e incluso el diseñador lo había mirado como si estuviera loco. Pero no pensaba hundirse sin luchar.

—No se me dan bien los bailes lentos –protestó Pixie cuando la levantó de la silla para alejarla de Holly, a quien se había pegado durante toda la noche.

—Apóyate en mis pies –le aconsejó Apollo, envolviéndola en sus brazos.

Sabiendo que los invitados estaban mirando, Pixie apoyó la cara en su pecho y respiró profundamente. Olía tan bien que le gustaría poder embotellarlo. Suspirando, enredó las manos en su cuello y se dejó llevar por última vez. Lo había echado de menos cuando estaba en Londres y, de repente, tenía que enfrentarse a todo una vida sin él.

—No aceptaré la separación –dijo Apollo en voz baja.

—No necesito que la aceptes. Me marcharé, sin más.

Pixie tenía que hacer un esfuerzo para contener las lágrimas, sabiendo que eran el centro de atención porque la prensa había pillado a su marido engañándola cuarenta y ocho horas antes.

—Te compraré una casa en Londres, pero tendrás que quedarte aquí, a salvo, hasta que lo tenga todo organizado.

—No necesito tu ayuda.

—Te llamaré cuando todo esté organizado para que vayas a verla –siguió él, sin hacerle caso.

Pixie se tragó un inexplicable sollozo porque eso significaba que Apollo había dejado de luchar. Pero, en lugar de sentirse aliviada, se sentía más perdida y sola que nunca. De verdad iban a separarse, de verdad su matrimonio había terminado.

Las tres semanas que siguieron fueron un borrón para Pixie. Apollo se había ido de Nexos en cuanto los invitados se marcharon y ni siquiera había intentado volver a hablar con ella después de su amenaza de marcharse. Sí, podía hacerlo, pero no podía alejarse de los sentimientos que la acompañaban a todas partes, hiciera lo que hiciera. No podía dejar de pensar en Apollo o de luchar contra la sospecha de que lo había condenado por su reputación, sin darle una oportunidad.

Tan preocupada estaba que apenas se dio cuenta de que las náuseas casi habían desaparecido. Tendría que empezar a ponerse vestidos premamá antes de lo que había esperado porque los que tenía le quedaban estrechos. Claro que con Apollo ausente le daba igual el aspecto que tuviera. Él la llamaba cada semana para saber cómo estaba y cuando le preguntó si podía reunirse con él en Londres en una fecha determinada se le encogió el corazón. Ese tenía que ser el final. Una vez que hubiera comprado la casa para ella todo habría terminado. Evidentemente, Apollo había aceptado que su relación estaba rota.

¿Y no era eso lo que quería? Tal vez no. Apollo negaba haber sido infiel y, como la proverbial serpiente escondida en la hierba, Pixie pensaba que tal vez podría darle una segunda oportunidad, pero se sentía tan avergonzada por ello que despertaba sudando a medianoche. Parecía estar intentando encontrar una solución para no separarse de él, pero sabía que no serviría de nada con un hombre como Apollo, que necesitaba límites y consecuencias porque no respetaba nada más.

Unos días después, Pixie llegó a Londres con Hector y una limusina fue a buscarla al aeropuerto. Apollo estaba viajando desde Los Ángeles y le había dicho que llegaría al día siguiente. Por eso fue una sorpresa cuando Manfred anunció que tenía visita. Mientras se levantaba del sofá, Hector corrió a buscar refugio bajo una silla como era su costumbre.

Un hombre alto de prematuro cabello gris entró en el salón con aire avergonzado, pero Pixie solo podía mirar a la alta rubia que lo acompañaba.

–Disculpa que hayamos aparecido sin avisar. Soy Jeremy Slater y mi hermana tiene algo que decirte –empezó a decir el hombre, mirando a su acompañante–. Izzy...

La esbelta rubia clavó sus ojos azules en Pixie.

–Siento mucho lo que ha pasado. Yo engañé a Apollo para que fuese a buscarme... sabía que estaba casado, pero no pensé en eso. Me temo que solo pensaba en lo que me convenía.

Pixie frunció el ceño, sorprendida.

–¿Le tendiste una trampa a Apollo?

–Sabía que si me veían con él, los paparazzi pensarían que estábamos juntos y no harían más preguntas.

–Lo que mi hermana intenta decir –intervino Jeremy– es que está saliendo con un famoso actor con quien mantiene una relación en secreto. Es con él con quien pasó la noche.

–No quería causarle ningún problema a Apollo –se disculpó Izzy.

–Pero no te preocupó nada causarlo –dijo Pixie, con el estómago encogido–. Ya veo que debo darle las gracias a tu hermano por esta explicación.

–No podía dejar que Apollo sufriera por algo que no había hecho –asintió Jeremy–. La verdad es que no pasó nada con Izzy. Solo fue a buscarla porque ella se lo pidió.

–Ya veo –asintió Pixie, avergonzada porque tampoco ella había querido creer a Apollo cuando protestó su inocencia.

No le había hecho preguntas relevantes, ni le había pedido que demostrase que estaba diciendo la verdad. De hecho, no había sido justa en ningún sentido y reconocerlo era terrible. Lo había condenado sin darle la oportunidad de defenderse, pero tenía menos excusas que los demás porque ella había vivido con Apollo durante meses y sabía que era algo más que un mujeriego sin corazón.

Jeremy e Izzy se despidieron poco después. Jeremy sugirió que deberían volver a verse en mejores circunstancias. Su hermana, sin embargo, no dijo nada, seguramente imaginando que Pixie no querría volver a verla en su vida.

Después de esa visita Pixie se fue a la cama, pero no podía conciliar el sueño. Nunca había confiado en Apollo y ese había sido un grave error. Esperar siempre lo peor de un hombre era injusto, usar la desconfianza como línea de defensa la había cegado a la realidad de su matrimonio. Apollo se había portado como un marido cariñoso casi desde el principio. Había dicho y hecho cosas que lo demostraban, pero ella no había querido creerlo para no hacerse ilusiones.

Después de todo, ella había cambiado, ¿por qué no podía aceptar que Apollo había cambiado también?

A la mañana siguiente, Pixie apenas pudo probar el desayuno, pensando que estaba siendo su peor enemiga. El orgullo y la desconfianza la habían empujado a rechazar al hombre del que estaba enamorada. ¿Podría Apollo perdonarla por eso? ¿Podría perdonarla por haberlo juzgado mal?

¿Le importaría de verdad su matrimonio? Después de todo, cuando nacieran sus hijos habría cumplido con los términos del testamento de su padre y en ese testamento no decía que tuviera que seguir viviendo con ella.

Una limusina fue a buscarla a las nueve y Pixie fue admirando los escaparates llenos de adornos navideños. Se había puesto un vestido verde que marcaba sus formas y, por suerte, sus piernas eran las mismas de siempre. En realidad, pensó con tristeza mientras el coche se detenía frente a una bonita casa en una plaza llena de árboles, ella nunca podría compararse con Izzy Jerome. A bordo del *Circe* se había maravillado del insaciable deseo de Apollo, pero de repente se preguntaba si tenía algo más sustancial que ofrecer a un hombre tan sofisticado como él.

Apollo estaba esperando en la puerta y, al ver de nuevo esos ojos verdes rodeados de unas pestañas que parecían de encaje negro, sintió mariposas en el estómago.

—Apollo... —empezó a decir, nerviosa. No terminó la frase porque se quedó sorprendida al ver el árbol de Navidad en el vestíbulo y los preciosos adornos de acebo que decoraban la chimenea y las escaleras—.

Dios mío, esta casa está decorada para la Navidad –dijo tontamente–. ¿Los dueños siguen viviendo aquí?

–Tranquila, todo esto es mío. Es una casa que suelo tener alquilada. Pertenecía a mi padre, pero era demasiado grande para mí viviendo solo –le explicó él, empujándola suavemente hacia un sillón frente a la chimenea–. Siéntate y deja de preocuparte.

Pixie se sentó, pero no podía dejar de preocuparse. Apollo llevaba un elegante traje de chaqueta azul marino, pero lo recordó vestido de pirata y todas las células de su cuerpo despertaron a la vida.

–¿Quieres que viva en una casa que era de tu padre?

Apollo no respondió a esa pregunta.

–Tengo entendido que Jeremy fue a verte con Izzy anoche.

Pixie palideció.

–Sí, lo siento. Te he juzgado mal, Apollo. Me he negado a escucharte... y no hay excusa para ello.

–Tal vez sí la haya –dijo él–. Tal vez si hubiera sido sincero desde el principio habrías estado dispuesta a escucharme.

Enferma de nervios, Pixie apretó las manos.

–Lo siento mucho, de verdad. No te he dado una oportunidad...

–Tengo mala fama con las mujeres y, en cierto modo, está justificada –reconoció él–. Pero siempre he roto una relación antes de embarcarme en otra. Nunca he traicionado a nadie.

Pixie se clavó las uñas en la palma de las manos. Le había pedido disculpas, pero no quería seguir haciéndolo y tampoco quería suplicar.

–Lo entiendo –dijo por fin.

–Quiero que vivas aquí, conmigo. Vamos a tener mellizos y necesitaremos una casa muy grande.

Ella frunció el ceño.

–¿Estás diciendo que me has perdonado?

–Aún hay cosas por las que tú tienes que perdonarme –dijo él, desconcertándola por completo–. Cuando nos casamos te dije que la deuda de tu hermano no estaba pagada, pero era mentira. Lo hice porque veía esa deuda como una garantía de que harías lo que yo te pidiera.

–¿Entonces no era verdad?

–No, pagué la deuda antes de que nos casáramos. No quería tener que volver a lidiar con el matón al que tu hermano debía dinero.

–La zanahoria y el palo otra vez, ¿no? Bueno, se te da bien fingir.

–Gracias –murmuró Apollo–. Pero debería haber sido más sincero contigo.

–Los dos teníamos secretos entonces. Hace falta tiempo para confiar en alguien.

–Tú eres la primera mujer en la que he confiado –admitió él–. Sabes lo peor de mí, conoces todos mis defectos. Dame una oportunidad de mostrarte las cosas buenas que puedo hacer.

Pixie lo miró, perpleja.

–¿Estás dispuesto a perdonarme por haberte juzgado mal?

La sonrisa de Apollo detuvo su corazón durante una décima de segundo.

–Como no puedo vivir sin ti, me parece que no tengo muchas opciones.

–¿No puedes vivir... sin mí? –repitió ella, incrédula.

–Me he acostumbrado a tenerte cerca. A ti y a Hector –asintió Apollo, como si no tuviera importancia.

–¿Lo dices en serio?

–Totalmente en serio. Aunque intentar convencerte de algo a veces es tan difícil como perforar el cemento –bromeó él.

–¿De qué pensabas convencerme?

–De que podíamos ser felices juntos y debíamos casarnos otra vez... para siempre.

–Tú no haces promesas a largo plazo –le recordó ella.

–Pero entonces te conocí a ti y mi vida se puso patas arriba –admitió él con expresión seria–. Eso no me gustaba, pero he descubierto que es lo único que me importa.

–No sé si te entiendo –murmuró Pixie.

–Quiero enseñarte algo y hacerte una pregunta muy importante –dijo Apollo entonces, tomando su mano.

Con el corazón acelerado, Pixie dejó que la llevase a un dormitorio en el piso de arriba. Era muy bonito, pero ella solo podía mirar el vestido blanco que colgaba del armario.

–¿Qué es eso? –preguntó, porque parecía un vestido de novia.

Apollo clavó una rodilla en el suelo mientras ella lo miraba como si hubiera perdido la cabeza.

–Pixie, ¿quieres casarte conmigo?

–¿Qué?

–Estoy intentando hacerlo bien esta vez. Te quiero –susurró Apollo–. ¿Quieres casarte conmigo?

–Pero ya estamos casados –dijo ella–. ¿De verdad... me quieres?

–Mucho más de lo que nunca pensé que pudiese amar a nadie.

Pixie se arrodilló frente a él.

–¿Lo dices de verdad?

Apollo abrió una cajita que tenía en la mano y sacó un anillo con un enorme rubí.

–Este es el anillo que pensaba darte después de la fiesta, pero tristemente hubiera sido el peor momento –le explicó, poniéndolo en su dedo.

–¿Es un anillo de compromiso?

Apollo se levantó y tiró de ella para sentarla a los pies de la cama.

–Sí, lo es. Si quieres seguir casada conmigo, claro.

–Por supuesto que sí. Es que estoy... –Pixie vaciló un momento– tan apegada a ti que las últimas semanas han sido un infierno –admitió–. No sé cuándo ha pasado porque al principio pensé que te odiaba, pero por alguna razón me he enamorado locamente de ti.

Apollo dejó escapar un suspiro de alivio que lo hizo temblar.

–*Thee mou*, me has hecho esperar para escuchar eso, bruja. ¿Quieres que te ayude a ponerte el vestido de novia?

–¿Por qué iba a ponerme un vestido de novia?

–Porque tu romántico marido quiere llevarte a la iglesia para renovar los votos... y en esta ocasión los votos que hagamos serán sinceros y para siempre, *koukla mou*. Además, quiero verte con un vestido blanco.

Pixie no entendía nada.

–¿Vamos a renovar los votos matrimoniales? ¿De verdad has organizado una nueva ceremonia? –exclamó cuando por fin entendió a qué se refería–. Ah, eso me gusta. Me gusta muchísimo...

–Y luego iremos a la Toscana para pasar las navidades con Vito y Holly.

De repente, Pixie se lanzó hacia el armario para sacar el vestido.

—Espero que me quede bien.

—Le dije al diseñador que estabas embarazada para que hiciese ciertos arreglos.

Pixie sacó el vestido de la percha como si le fuera la vida en ello. Y, en realidad, así era. Apollo estaba haciendo que todos sus sueños se hiciesen realidad. Estaba intentando reescribir su historia y lo adoraba por ello. ¿Quién hubiera imaginado que era un sentimental? Estaba ofreciéndole el vestido blanco y la iglesia con la que había soñado una vez. La amaba. ¿De verdad podía creerlo? El rubí brillaba seductoramente en su dedo y Pixie dejó escapar un largo suspiro de felicidad. Cuando Apollo organizaba bendiciones eclesiásticas y clavaba una rodilla en el suelo para pedir su mano era hora de tomarlo muy en serio, pensó, sintiéndose más feliz que nunca.

Era un exquisito vestido de encaje blanco y a Apollo se le daba de maravilla abrochar botoncitos de perla.

—Has pensado en todo –dijo, suspirando, cuando le mostró unos zapatos a juego.

—Quería organizarlo todo, aunque temía que dijeses que no. Mi primer intento de ser romántico fue un fracaso.

—¿Cuál fue tu primer intento?

—Ese en el que yo me disfrazaba de pirata y tú deberías haber reconocido el vestido rojo de la novela que estabas leyendo cuando fui a buscarte a Devon.

Pixie lo miró con los ojos como platos al recordar que el vestido le había resultado familiar. Apollo lo había diseñado para ella. Había intentado ser romántico para complacerla.

—Era una novela romántica que había leído cuando era adolescente, pero cuando me hice mayor pensé que no era realista creer que algún día podría conocer a un hombre tan maravilloso como el héroe... y aquí estás, Apollo Metraxis, más ardiente que las llamas del infierno.

–Aun así, no te diste cuenta –le recordó él.

–Pero sí noté lo sexy que estabas –le confió Pixie, con el corazón hinchado de amor–. Algún día podrías volver a ponerte el disfraz y prometo demostrar cuánto me gusta. Me temo que esa noche estaba demasiado dolida como para darme cuenta. Y lo siento.

–Yo siento mucho haberte hecho daño –dijo Apollo con ternura, apretando su mano–. Vamos a la iglesia, señora Metraxis.

La ceremonia fue todo lo que Pixie había soñado. Podía ver el amor brillando en los ojos verdes de su marido y cuando se detuvieron en los escalones de la iglesia para posar frente a los paparazzi, Apollo esbozó la sonrisa más alegre, brillante y feliz que había visto nunca.

–¿A qué hora nos esperan Vito y Holly? –le preguntó Pixie mientras subían a la limusina.

–Mi secretaria les ha advertido que llegaríamos un poco tarde –le contó Apollo–. No quiero compartirte con nadie por el momento. Necesito un par de horas para apreciar en privado a mi maravillosa esposa embarazada de mellizos.

–¿Y qué piensas del embarazo?

–Estando en Londres, con los mejores cuidados médicos, estoy encantado –respondió él, atrayéndola hacia sí–. En Nexos estaba preocupado, pero ahora sé que estarás en las mejores manos durante el embarazo.

–Tus manos –murmuró Pixie, acariciando su mejilla–. Tú cuidaras de mí... sé que lo harás.

–Tú eres todo mi mundo, cariño. ¿Cómo he podido pensar alguna vez que podría alejarme de ti y no ser parte de la vida de mis hijos?

–Bueno, ya no puedes ir a ningún sitio –bromeó Pixie alegremente–. Te quiero, Apollo. Y ya no hay forma de escapar.

–Eres la mujer más asombrosa que he conocido nunca –dijo él, buscando sus labios en un largo y posesivo beso que la emocionó hasta lo más hondo–. ¿Dónde iba a encontrar a una mujer lo bastante loca como para lanzarse desde la cubierta de un yate y esperar que me hiciese gracia? ¿O que intentase darme celos con un príncipe árabe en miniatura?

Epílogo

A LOS DIECISÉIS meses, Sofía Metraxis era una fuerza de la naturaleza. Aquella mañana corrió hacia su hermano, Tobías, le quitó el camión con el que estaba jugando y se negó obstinadamente a devolvérselo.

—Eso no ha estado bien —la regañó Pixie, tomando a un lloroso Tobías en brazos.

—Te gusta ser la jefa, ¿eh? —bromeó Apollo mientras buscaba otro juguete para el niño.

—Qué granuja es —dijo Pixie, riendo.

—Y mandona. Me pregunto de quién lo habrá heredado —bromeó Apollo—. Es increíble lo diferentes que son.

Y lo eran. Tobías era más callado, sensato y metódico. Sofía era toda energía y necesitaba menos horas de sueño. Los dos niños habían transformado las vidas de sus padres, que pasaban más tiempo disfrutando de la playa en Nexos que en su cómoda casa de Londres. Además, la familia había aumentado también en la representación canina porque Hector y su pequeña sombra griega, otro terrier llamado Sausage, no los dejaban ni a sol ni a sombra.

Pixie había pasado todo el embarazo en Londres, bien atendida por un ginecólogo. Por suerte, los mellizos nacieron tras una cesárea programada y ni ellos ni Pixie habían tenido ningún problema. Solo entonces le contó que su madre había muerto al dar a luz y era por eso por lo que había estado tan preocupado.

El hijo de su hermano había nacido en verano y Patrick y su familia vivían en Escocia, donde Apollo había encontrado un buen trabajo para él. Además, Patrick seguía acudiendo a las reuniones de Jugadores Anónimos.

Apollo tomó la mano de Pixie para salir del salón, dejando a los niños al cuidado de su niñera.

–Tengo un regalo para ti.

–¿Ahora? Pero mañana es el día de Navidad –protestó ella.

–Todos los días me parecen el día de Navidad estando contigo, *agapi mou* –susurró él–. Además, Vito y Holly llegarán en un par de horas y quiero dártelo antes.

–Dios mío, ¿tan tarde es? –exclamó Pixie, nerviosa–. Tengo que...

–No tienes que hacer nada –la interrumpió Apollo–. La casa parece una feria navideña, los regalos están envueltos y todo el mundo sabe lo que tiene que hacer.

Pixie miró el iluminado y precioso árbol navideño en la entrada y tuvo que esbozar una sonrisa. Tenía razón, todo estaba preparado. Se había convertido en una tradición que las dos familias pasaran juntas las fiestas navideñas y aquel año ellos serían los anfitriones porque Holly estaba embarazada de su tercer hijo y necesitaba descansar. Y, aunque no competían para ver quién organizaba las mejores navidades, las expectativas añadían cierto estrés a los preparativos. En cualquier caso, la casa estaba preciosa.

Pixie había descubierto que se le daba bien la decoración y había transformado la villa de Nexos, pintando las paredes en tonos suaves, reemplazando los muebles y dando algún toque de color aquí y allá.

–¿Nos vamos a la cama? –susurró. La llegada de los invitados, aunque fueran sus mejores amigos, imponía ciertas restricciones a lo que podían y no podían hacer, de modo que debían aprovechar.

–Ah, por eso es por lo que quiero estar casado contigo para siempre –declaró Apollo, riendo, mientras la tomaba entre sus brazos–. Piensas como yo...

A veces era un ingenuo, se dijo Pixie. No era que pensasen igual, sencillamente no podía resistirse a su atractivo marido. Aquel día iba vestido de manera informal, con unos vaqueros gastados y un jersey, pero su aspecto viril seguía dejándola sin aliento. La hacía tan feliz. En la cama y fuera de la cama, como marido, como padre. Apollo era todo lo que había soñado en un hombre y dos años de matrimonio habían aumentado la atracción que había entre ellos. Su paciencia con Hector, por ejemplo, le había enseñado mucho sobre el hombre con el que se había casado. En el fondo, Apollo era bueno, amable y cariñoso.

Él puso un diamante «eternidad» en su dedo y Pixie tuvo que sonreír. Sus manos brillaban con una plétora de anillos y elegía cuál iba a ponerse cada mañana. Le gustaba comprarle joyas y Pixie sabía que era porque pensaba en ella continuamente. Sus viajes al extranjero eran breves y siempre que podía los llevaba a todos en el yate, donde podía trabajar rodeado de su familia.

–Es precioso –murmuró, sus ojos de color plata llenos de amor y comprensión porque había entendido que tener su propia familia era lo más importante para él. Crear su propia familia había sido como volver a nacer y le había permitido convertirse en el hombre que podría haber sido desde siempre si no hubiera sufrido a manos de sus madrastras.

–Tú eres la joya de la corona –dijo él, buscando su boca en un beso hambriento y exigente que la hizo sentir escalofríos–. ¿Crees que Vito y Holly están dispuestos a formar un equipo de fútbol?

–No me sorprendería –respondió ella–. Pero tendrán que pasar un par de años antes de que yo quiera tener otro hijo. Los mellizos son agotadores.

–Casi tan agotadores y exigentes como su padre –dijo Apollo, empujando desvergonzadamente su mano para colocarla donde quería.

Pixie miró esos ojos verdes rodeados de negras pestañas.

–Te quiero, cariño.

–Y es una suerte porque voy a retenerte a mi lado para siempre –dijo él con voz ronca.

Más tarde, cuando llegaron los invitados y la casa estaba llena de niños emocionados e igualmente emocionados perros, los adultos se sentaron para tomar una copa y Pixie se arrellanó cómodamente bajo el protector brazo de Apollo, admirando el iluminado árbol navideño y sintiéndose sinceramente agradecida por el final feliz que había encontrado con el hombre de sus sueños.

Bianca

Casada por venganza, seducida por placer

Gabriella St Clair estaba desesperada, su familia estaba a punto de declararse en quiebra. Solo un hombre podía ayudarla. Pero era un hombre que estaba deseando verla suplicar….

El millonario sin escrúpulos Vinn Venadicci había tenido un corazón tiempo atrás. Pero, después de conocer a Gabriella, una joven malcriada y heredera de una gran fortuna, enterró sus sentimientos para siempre. Ahora ella había regresado en busca de ayuda. Podía rechazarla o, al fin, vengarse convirtiéndola en su esposa.

BODA CON EL ENEMIGO

MELANIE MILBURNE

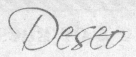

Un pasado por descubrir
Sarah M. Anderson

C.J. Wesley deseaba a toda costa mantener el anonimato. Si la presentadora de televisión Natalie Baker revelaba que era uno de los herederos Beaumont, la prensa se le echaría encima. Pero entonces, una repentina nevada llevó a la atractiva periodista hasta su casa y a su cama. CJ estaba superando todas las expectativas de Natalie. Aquel hombre era capaz de caldear una cabaña rodeada de nieve. Si Natalie daba a conocer al más evasivo de los hermanos Beaumont, podría salvar su puesto de trabajo, pero a costa de echar a perder su apasionado romance. ¿Cuál de las dos opciones la conduciría a un final feliz?

Aquel millonario sexy y reservado sabía cómo hacer que la Navidad fuera mágica

Bianca

La llama de la pasión que en el pasado les había consumido se reavivó

Xanthe Carmichael acababa de descubrir dos cosas: La primera, que su exmarido podía apropiarse de la mitad de su negocio. La segunda, que seguía casada con él.

Al ir a Nueva York a entregar los papeles de divorcio en mano, Xanthe estaba preparada para presentarse sin avisar en la lujosa oficina de Dane Redmond, el chico malo convertido en multimillonario, pero no para volverse a sentir presa de un irreprimible deseo. ¿Cómo podía su cuerpo olvidar el dolor que Dane le había causado?

Pero Dane no firmaba... ¿Por qué? ¿Se debía a que estaba decidido a examinar la letra pequeña de los papeles o a que quería llevarla de nuevo a la cama de matrimonio?

SIN OLVIDO

HEIDI RICE